魔幻森林姐妹情

芬蘭卡累利阿的永續生活、智慧與覺醒

Naomi Moriyama　William Doyle

森山奈保美　威廉・道爾——著

賴許刈——譯

The Sisterhood of the Enchanted Forest

Sustenance, Wisdom, and Awakening in Finland's Karelia

謹以本書獻給我們的兒子

目錄

31

魔幻森林姐妹食譜 274

謝詞 286

魔幻森林的版圖

編按：○為原註；●為譯註。

❶ Terra Feminarum，拉丁文，字面意思即女人國，出現在歷史著作《漢堡大主教史》中，為中世紀北歐的某個地區，詳見本書〈女人國〉一文。

是什麼這麼香？
是什麼這麼靜？
我的心何以這麼祥和？
這份陌生、壯闊、嶄新的感受是什麼？
我能聽見
花兒生長的聲音
森林裡群樹的低語
我想　我的每一個舊夢
我播下的每一顆希望種子　每一粒心願種子
都成熟了
周遭是那麼靜
一切是那麼柔美香甜
花朵在我心田上綻放
深深散發平靜的芬芳

——芬蘭詩人艾諾・雷諾（Eino Leino）
〈平靜〉（*Peace*）

群樹遍布在北國幽深的森林
佇立在古老、神祕、陰森、蠻荒的夢境之中
林中住著偉大的森林之神
森林仙子暗中編織著魔法的祕密

——芬蘭作曲家西貝流士（Jean Sibelius）
〈塔皮奧拉〉（*Tapiola*）

【推薦序一】

從首都之外，認識芬蘭

陳瀅仙

隨著博士學位的完成，我離開了斷斷續續居住了七年的芬蘭。森山奈保美女士的文字，帶著我回到這個遙遠的家。她筆下的許多場景和與芬蘭人的對話，也讓我回想二〇一一年初來乍到這個國家，以及過去這十多年對這個北歐國家的驚嘆與感動。

芬蘭國土很大，僅有五百多萬人。然而，這個小國的人們，普遍了解到自身國家的歷史和地理特殊性：他們不喜歡過度誇示自己，反而更講究實事求是。「不落俗套、挑戰成規」是芬蘭社會教育所樂見的，也因此，芬蘭總是以一些獨特的事物引起國際注意。除了深植我們腦海的印象（包括極光、聖誕老人、教育、科技、設計、西貝流士等等），最近躍上國際新聞的莫過於芬蘭從二〇一八年起連續六年蟬聯「全球最幸福國家」的榜首。有趣的是，這個結果公布之後，連芬蘭人自己都不敢相信自己有這麼幸福！幸福，確實不是芬蘭的全部，芬蘭更不是一個烏托邦。

過去幾年，內政和國際情勢的轉變，也造成芬蘭社會不小的壓力。從二〇一五年左右，芬蘭接受了來自不同的地方的難民（如敘利亞、伊拉克），這間接使得福利政策面臨了考驗；在高等教育方面，政府的經費縮減（以及其他原因）迫使許多大學必須進行合併，重新設定更明確的畢業年限（過去則是沒有明確規定）；二〇二二年俄烏戰爭爆發，芬蘭與俄羅斯邊界長達一千三百多公里，開始質疑自己在二戰後保持的中立態度，社會上開始出現加入北約的討論，也於二〇二三年加入。

每個國家都有其面對的歷史和當代政治議題，人們也應該思考如何應對這些挑戰。然而，芬蘭豐富的自然生態爲居住於此的人提供了短暫而有效的壓力釋放機制：與歐洲其他首都有無數教堂不同，赫爾辛基則有著大量的森林和湖泊。它是歐洲自然覆蓋率最高的城市，高達四十%的面積仍然是森林。

赫爾辛基以及北邊的羅瓦聶米，大概是台灣人最熟悉的芬蘭地名。前者是芬蘭首都，也是這個小國一百多萬人口的主要集中地；而羅瓦聶米則是號稱馴鹿比人多的地方，地方經濟依賴世界各地探訪聖誕老人、追極光求幸福的旅客。在芬蘭留學期間，我和大部分的外國人一樣，是從首都去感受芬蘭。離開首都，會發現另外全然不同的世界，芬蘭人幾乎一睜開眼就是從事與自然有關的事。移動到另外一個城市參加研討會或是短暫旅遊，就可以感受到每座城市獨有的風情以及差異性。森山女士因爲先生是拜訪學者的身分，與家人來到了位在芬俄邊境的城市約恩蘇。雖然較少被旅客列爲拜訪點，在我的芬蘭城市印象中，它代表著一片廣袤無邊無際綿延到俄國的森林，也是芬蘭文化研究的重鎮。

約恩蘇是卡累利阿的首府。卡累利阿是今日芬蘭與俄國中間的一大片土地，在歷史上，曾屬於瑞典和俄國。芬蘭成爲俄國大公國時期（一八〇九～一九一七），受到歐陸浪漫主義影響，知識分子在當地文化協會的資助下前往卡累利阿追尋「古傳統」，視其爲文化淨土。因爲當時的芬蘭人認爲同屬芬烏語系（Finno-Ugric）的卡累利阿人代表著西方基督教以前的芬蘭古文化，因此將流傳於此地的古老口傳詩謠編纂成冊，出版爲《卡勒瓦拉》。這些尋根的過程進一步促成了一九一七年芬蘭的獨立，最近幾年也由位在約恩蘇的東芬蘭大學帶領進行北卡累利阿文化以及瀕危的語言復興工作。我學習、研究的岡德雷琴（kantele）來自於卡累利阿。數個出現在書中的城鎮名，例如伊洛曼奇、約恩蘇，是我參加音樂營隊、採集研究資料的地點。我雖然住在赫爾辛基，但研究卡累利阿人的樂器讓我經常想像這塊土地過去與現況。

這支芬烏語系人來到芬蘭的時間、原因在學術上眾說紛紜。這不僅對於我們亞洲人來說很有意思（到底爲什麼要在這麼冷的地方生活？），對於多數歐洲國家屬於印歐語系的人來說，芬蘭是帶著異國情調的極北國度。森林不僅僅是芬蘭文化、整體社會建構的基礎，書中也提到薩滿世界，一種異教文化。經常有芬蘭人告訴我，東、西芬蘭在文化、生活和語言上有某種程度的差異，像是姓氏、甚至是蕈菇的種類。我想，某部分應該與卡累利阿傳統有關。

芬蘭被稱爲「歐洲的最後一片荒野」，因爲人口較少，在地景上面顯得相對「單調」。從首都搭乘向北的任何火車，就會發現數十小時內只有連綿不斷的森林，幾乎沒有人煙。從外人的觀點來看，森林似乎永遠都是一片寧靜。然而，一踏入森林，就會發現芬蘭人總是以不同的方式使用森林，例如散步、放鬆、遛狗、騎自行車等等。對芬蘭人來說，森林是每天生活的開始，也幾乎是他們一生的精神基石。

森山的書呈現了首都以外更貼近大多數芬蘭人日常生活的景象，從一個更「非歐洲」的面相讓我們更了解，今日的芬蘭是雜揉了東、西文化的影響，以及這個國家內斂性格的歷史累積過程。她透過女性組織的參與來了解當地文化，試圖跳脫過去在東京、紐約的生活與價值框架。透過雙重視角，帶領讀者了解自然與芬蘭人的密切關係。以卡累利阿來理解芬蘭，是市面上少見的芬蘭經驗。

【推薦序二】

艱辛內斂並知足的幸福國度

陳之華

離開芬蘭十年餘後的二〇一九年，我和當時在巴黎國立美術學院當交換生的小女兒回到了我們曾居住六年的赫爾辛基。短短幾天的造訪，勾起我倆許多對於芬蘭的深層記憶與情感，正如作者森山奈保美和家人再次回到芬蘭的興奮程度，是完全無以言喻的。

想再次走遍曾經的六年生活環境、街道、社區、建築群，想造訪百般熟識的特色店家、一嚐當地飲食，品味久違的最愛鮭魚濃湯和薄薄黑麥外殼的卡累利阿派；歷經多年後在赫爾辛基，一再再遇見最具芬蘭傳統特色代表的平民美食時，我的情緒激動如波濤迭起。

鮭魚濃湯是我離開芬蘭多年，至今仍時不時會烹調的菜餚；卡累利阿派則是從二〇〇三年起，就被稱譽爲深具歐洲傳統特色認證（Traditional specialty guaranteed，TSG）的飲食，任何不遵循傳統配方的食品商，都不能將其稱爲卡累利阿派，而必須依餡料內容更改其名稱。

整個芬蘭、愛沙尼亞和屬於俄羅斯的卡累利阿等周圍地區，都看得到這個來自芬蘭的古老傳統餡餅派身影，但芬蘭東部的卡累利阿地區卻讓芬蘭人至今都心情沉痛。因爲卡累利阿區域與芬蘭整體有著眾多難以切割的歷史、傳統、文化與情感。

芬蘭是北歐五國中唯一與強鄰俄羅斯領土接壤的國家，雙方邊界超過一千多公里。而卡累利阿的部分區域，曾在二次世界大戰時被當時的蘇聯強行侵占，造成四十多萬芬蘭人流離失所，必須拋棄世代家園而舉家往西遷徙至內陸安置，或是到附近其他的芬蘭城鎮安頓。

一九一七年獨立之前的芬蘭，有將近八百多年夾處在瑞典和俄羅斯兩大強國之間，導致芬蘭與俄國交界的卡累利阿地區，自然成爲東西霸權搶奪利益的兵家必爭之地。一八〇九年，沙皇時期的俄國從瑞典奪取了芬蘭，建立了附庸的芬蘭大公國，使得包括卡累利阿的芬蘭成爲俄國一部分。不過，芬蘭雖爲沙俄附庸，卻一直保有相對的政治和文化自治權。

當沙俄開始對芬蘭地區推行俄羅斯化運動，反而激發了芬蘭民族主義。一八三五年，著名的芬蘭文學史詩經典《卡勒瓦拉》出版，十九世紀末，卡累利阿主義也隨著浪漫主義與民族主義的思潮，而展開了芬蘭藝術文化勃興現象。

數百年來歸屬於芬蘭的卡累利阿，成爲芬蘭民族靈魂不可或缺的區塊，至今仍深受芬蘭人思念與喜愛。國際聲望崇隆的芬蘭浪漫民族主義音樂家西貝流士就曾譜寫了動聽的《卡累利阿組曲》（*Karelia Suite*），將濃烈的民族情感灌注於音樂作品中。

森山奈保美首次搬到芬蘭居住的地方，就是位於北卡累利阿區域的城市約恩蘇，這是與俄國相鄰的一塊森林湖泊區，也是歐盟國家陸地最東邊的一座市鎮。約恩蘇和聖彼得堡的距離，其實和約恩蘇到赫爾辛基的距離一樣。所以她說，自己要去的是西方世界最邊邊。

約恩蘇和周圍城鎮，我和家人曾經造訪過，另外卡累利阿南部的伊馬特拉等城鎮，我也曾訪問過。除了好奇這裡與瑞典語區的城鎮差異外，更想親眼目睹她們在發展、文化與教育上，是否有所區別。

芬蘭東部與俄國邊界，充滿了血淚交織的歷史傷痕，但後來也成爲俄、芬經濟貿易的熱絡區域。特殊的地理位置，使得緊鄰俄國與瑞典的城鎮，也受到周邊環境與文化交流的影響。

二〇〇三年初我們全家搬遷至芬蘭，起初我也與森山奈保美一樣，對芬蘭有許多疑問，畢竟當時的芬蘭，之於許多人來說極度陌生。帶著年幼的兩個女兒，來到高緯度的寒冷環境生活，我們小心翼翼，對未來環境充滿諸多不確定性。說期待，卻不知該如何期待，因此沒有太多的預設立場；於是，所有搬遷到芬蘭初始階段所經歷的一切，都帶給我們無數的驚喜！

生活在嚴峻天候、漫長冬日、夏日稍縱即逝的芬蘭六年，我們很自然的學習了與極地邊緣的天候共舞，一年間，我們有數月數不盡的白雪皚皚日子，刮雪、鏟雪幾乎是冬季生活的日常。芬蘭冬天和森山奈保美生活的紐約冬天，確實是大烏與小烏之別（近年，我經常往返於紐約冬季）。

此等嚴酷環境，讓人們很難不尊重自然，並體認到自己該如何與大自然共生共存。我們也因而更懂得自然，在面對冬日之際，從未有漫長難捱的無聊感，反而跟上當地人的生活步伐，學習面對現實，將生活盡量安排得宜。

北國的人們學會面對自然，學會獨處，透過興趣嗜好的安排、展冊閱讀、走入森林，擁有冬季運動如滑雪、溜冰等技能，搭配整體環境所提供的舒適空間，如公共圖書館等設施，擁有務實、踏實的生活方式，更從而自然地平實面對、細品生活中種種平凡裡的不平凡。

透過森山奈保美的流暢文筆，層次多元豐富的敘事手法，不時搭配扎實卻不枯燥的文史背景說明，不僅帶大家領略了芬蘭文化，走進芬蘭人最引以爲傲的森林，體驗森林浴、蒸氣浴、進入她們的野菇、莓果與千湖世界；同時帶你到全球最平權國度的女性治理環境。

多年後，再來閱讀不同國籍的作者講述我曾經非常熟悉的國度，內心依舊澎湃不已。除了因爲芬蘭始終如此迷人清新外，也因爲她的自然與獨特，總是如此樸實眞誠，總是這般內斂含蓄，總是在面對最嚴峻的歷史、挑戰與氣候環境中，發揮芬蘭人最堅毅不撓的Sisu（希甦）精神。

1 魔幻森林

我閉上眼睛——此刻，我人在一片森林裡。

我走在野生的樺樹、杉樹和松樹之間，踩在一地柔軟的松針和苔蘚上。

我沉浸在純粹、超凡的寂靜之中，地表最乾淨的空氣按摩著我的肺臟。

這裡是芬蘭卡累利阿遠離塵囂的森林，時序正值北歐的盛夏，但樹木高聳入雲，植被又密又厚，所以只有疏落的光線穿透這片仙境。

我在西方世界的邊緣，東側是俄羅斯泰加林帶[1]看不到盡頭的森林，北邊是挪威的一小片國土和北冰洋。

這裡是歐洲最大的國家森林，我徜徉在大自然的雄偉教堂裡，孤身一人但並不孤單，而且安全無虞。這是一個寧靜、祥和、美麗的國度。這片森林啓發我的靈

魂，賜予我精神的養分，也改變了我的人生。

我徜徉在全世界最幸福、最環保也最安全的國度裡，這個國家有世上最乾淨的水源和最優質的公立學校。這個國家的法律不止保障母職和父職，也尊重孩子們的童年。學童每天都要到戶外玩好幾次，長途火車上還爲孩子們設有小小的兒童圖書館和兒童遊戲區。

六年前，我和家人搬來這裡住了六個月，就住在卡累利阿的一大片森林裡。這是一塊既浪漫又神祕的區域，就是這裡激發了J．R．R．托爾金對於「中土」的想像。

在這片森林裡，我找到改變我一生的東西。

我發現一群堅不可摧的女性，並有幸跟她們結爲靈魂姐妹。

本書是我在離北極圈不遠處發現一片魔幻森林的故事。在芬蘭，我找到一塊未受汙染的淨土，豐盛的野生食材在此譜出美味的交響樂，香草、莓果、蘑菇和魚鮮

❶泰加林帶（taiga）主要分佈於阿拉斯加、加拿大、瑞典、芬蘭、挪威和俄羅斯，是以松柏為主的針葉樹木混合林。

全都是從原始的森林、小溪和湖泊中親手現採或現抓而來。我發現一整個國家的人都在林中採集大地的寶藏，將自然的恩賜融入傳統的菜餚和飲品之中，並保存起來以備漫長、漆黑的冬天之用。

這個國家的人民對人類文化的貢獻排名世界第一——性別平等和女性在政治及社會上的權利不只融入這個國家百年來的立國憲法，也落實在每天的日常生活中，爲全世界帶來很大的啓發。

這個國家也有它的社會問題，包括種族歧視和家庭暴力，但它也是全世界數一數二致力於改善國民生活的國家。二〇二一年，在全世界一六〇個國家當中，芬蘭的永續發展排名第一[①]。根據聯合國的報告，芬蘭幾乎達成了聯合國終結貧窮、消除不平等以及改善健康、教育、水質、能源、和平和法律的目標。

今日的芬蘭由女性治理——三十四歲的總理本身是個新手媽媽，統領五個政黨組成的執政聯盟，每個政黨的黨魁也都是女性。

我曾在這裡生活，來時正值夏季。當時序從如詩如畫的夏天和秋天，來到亞北極嚴寒的冬天和漫長的黑夜，備受衝擊的我面對起內心的恐懼，也思考起我的未來。在永難忘懷的六個月期間，我發現自己的人生不一樣了。在我的森林姐妹們的啓發之下，我也發現自己身上一直以來始終存在的力量。

接下來，我嘗試離開。

但我不斷回來。

如果在一座森林裡打造全世界最先進的社會，在這個社會裡致力於凝結女力，結果會怎麼樣？結果就是芬蘭——一個在現今世界上當眞存在的地方。

本書是我愛上芬蘭的故事，也是芬蘭的女性、社會和大自然如何令我讚歎、給我啓發的故事。

故事中呈現出我們一家人在這片陌生、美麗、遙遠的土地上的所見所聞。我們分別在二〇一五年、二〇一六年和二〇一七年旅居和造訪芬蘭，並在二〇二〇年至二〇二一年回來長住。

來吧。跟我一起深入歐洲最後的一片淨土，一起加入魔幻森林好姐妹的行列。

---

① YLE News, June 14, 2021. https://yle.fi/news/3-11981569

2 承諾

隆冬之際，我終於體認到，在我內心自有一個堅不可摧的夏天。

——法國作家卡繆（Albert Camus）①

一切始於春天時的一個承諾。

幾年前，外子威廉接到他獲選爲傅爾布萊特學者的消息。除了研究舉世聞名的芬蘭公立學校體系、撰寫相關論文，他也要爲研究生講課，將他在媒體業和出版業的專長教給學生。

我們要帶著七歲的兒子，從曼哈頓搬到芬蘭。當時我是全職家庭主婦。

我對芬蘭幾乎一無所知，只知它在歐洲最上面的北歐某處，而且應該有很棒的

學校。到了此時，我差不多都忘了外子幾個月前申請過傅爾布萊特的研究獎助金。當初這個主意聽起來似乎滿有趣的，但還有很多其他的事情盤踞我的心思，無暇多想這件事。當我得知芬蘭即將成爲我的新家時，我才一頭栽進網路資料裡，還去圖書館借了相關書籍來研究。

讀到的資料越多，我就越擔心。

我要到一個遠得要命的地方生活六個月，那裡是歐盟國家裡人口最稀少的一國。

我心想：怎麼偏偏是芬蘭呢？我老公就不能挑義大利、法國或澳洲之類的國家嗎？挑個我想去的國家不好嗎？情況看來很不妙啊。

我大半輩子都在東京和紐約這兩座活力四射、人口稠密的大都會度過。在這兩個地方，我都有很多的朋友，也有很多事情可做。但根據我找到的幾本書和網路上的文章，芬蘭似乎是個陰暗、寒冷、孤單的地方。我們可不是要去芬蘭國際化的時

---

① Albert Maquet, *Albert Camus: The Invincible Summer* (Humanities Press, 1972), p. 5.

髦首都赫爾辛基喔！我們要去的是芬蘭東部的大學城「約恩蘇」（Joensuu），威廉的研究是以那裡爲基地。

一位朋友介紹亞娜跟我認識。亞娜是一位美國籍芬蘭裔的醫生，已經在紐約住很多年了。她是芬蘭文化交流基金會的會長，也是柯塔聯盟（Kota Alliance）的創辦人。柯塔聯盟是一個非營利組織，致力於女權和性別平等。而且，據說住在紐約市的芬蘭人沒有一個她不認識的。她幫我惡補了許多芬蘭相關的知識，但就連她也從未去過約恩蘇，在那裡也沒有她認識的人。

我得知約恩蘇是芬蘭偏遠地區「北卡累利阿」的省會，此處是與俄國相鄰的森林湖泊區，也是歐盟國家陸地上最東邊的一座市鎮。沙皇尼古拉一世於一八四八年在此建城，當時芬蘭還是俄國的一部分，約恩蘇和聖彼得堡的距離就跟約恩蘇和赫爾辛基的距離一樣。

換言之，我要去的是西方世界的最邊邊。

根據我讀到的文章和書籍，芬蘭人聰明、可靠、值得信賴、誠實又勤勞，但芬蘭人也很害羞、保守、內斂、好靜，不愛聊天，也不喜歡講閒話。有個笑話是這麼說的——問：「你要怎麼看出一個芬蘭人是外向或內向？」答：「在電梯裡，盯著自己鞋子的是內向的芬蘭人，盯著別人鞋子的就是外向的芬蘭人了。」

另一個笑話是關於芬蘭太太的。芬蘭太太埋怨她老公道：「我聽說義大利、法國和美國的老公都會跟老婆說『我愛妳』，你怎麼從不對我說『我愛妳』？」她老公囁囁嚅嚅地說：「妳還記得我們結婚那天嗎？那天我是不是說了『我愛妳』？」太太回憶道：「是，你是說了。」老公說：「如果哪天我改變心意了，我再告訴妳。」

還有一個笑話是關於赫爾辛基的一位酷司機。國際足球賽期間，這位計程車司機到旅館接了一位乘客。車行過程中，美國乘客指出：「今天吃早餐的時候，我看到來自北愛爾蘭的球隊，他們好像很難過的樣子，是因為輸球了嗎？」

「不是。」面無表情的芬蘭計程車司機不假思索地冷回道：「是因為他們人在芬蘭。」

冷淡疏遠、冷言冷語、心情不好似乎是芬蘭人必備的人格特質。舉例而言，芬蘭知名的藝術家胡戈・辛貝里（Hugo Simberg）就以他最愛的角色「死神」為題，創作了一系列的彩色畫作，勾勒出死神的各種活動，包括〈農夫和死神在天堂與地獄的門口〉〈死神和削馬鈴薯的婦人〉和〈死神花園〉。在他的畫作〈玩伴〉中，滿身骷髏的死神低頭對著一對天眞無邪的小朋友微笑。在〈受傷天使〉這幅二〇〇六年被民眾票選爲芬蘭國畫的畫作中，兩個小男孩用兩根木桿抬著一個受傷的女天使，他們的表情也是一臉哀戚。

關於不愛說話、鬱鬱寡歡的芬蘭性格，這些陰沉的描述有時聽來就像在說日本人——我自己的同胞。直到赴美上大學之前，我都和自己的同胞生活在一起。我讀到的資料上說：「芬蘭人一言九鼎，而且，除非有重要的話要說，否則他們寧可不要開口。」等一等！我心想，「沉默是金」，這可不就是身爲日本人的家父的座右銘嗎?!

想到要搬到這種地方，我暗忖：好吧，我應該會比我先生更適應芬蘭社會吧，他可是在熱鬧嘈雜快步調的紐約度過了大半輩子，在日本出生長大的我至少懂得怎麼「讀空氣」吧！

當時是我人生中的十字路口。我已經當了將近八年的全職媽媽，在此之前，我則當了十二年的企業家和行銷部門的主管。我們的兒子漸漸長大，我不知道人生的下一頁要翻到哪個篇章。坦白說，我對重返職場舉棋不定，一方面怕別人認爲我太老了，或以我的資歷而言太大材小用了，另方面也怕我「過氣」了，找不到滿意的工作。到一個神祕、遙遠的地方過生活，或許可以給我時間和空間想一想我的未來。

何況能逃離紐約一陣子也滿吸引人的。我的腦海裡隱約有個聲音說：我只想離開，我只想好好放個長假，脫離忙碌生活的高壓、傳來傳去的簡訊、城市裡的噪音、電視上的壞消息、社群媒體瑣瑣碎碎源源不絕的影像和文字、爭相要我注意的資訊。

我們要去的「北卡累利阿區」位於赫爾辛基東北方約二五〇英里（編按：約四百公里）處，據說有美麗的原始森林、成千上萬的湖泊、如詩如畫的田園風光、人煙稀少的村落，以及大自然神奇的力量。就跟絕大部分的芬蘭人一樣，此區多數人的英文都很溜，尤其是年輕一輩。我心想，芬蘭或許不是什麼糟糕的去處。說不定這就是我需要的長假。

但我還是很擔心。擔心它的寒冷。擔心它的灰暗。紐約市的冬天也很寒冷、很灰暗。別說北卡累利阿了，紐約的冬天我就幾乎撐不過去。到了三月的時候，我通常就跟許許多多的紐約人一樣煩躁。在家裡關了四個月，缺乏陽光的滋潤，我都快被關瘋了。那時是紐約的三月天，我們才剛忍完難耐的四個月寒冬，但芬蘭的考驗似乎更嚴峻。

我從網路上查到，在約恩蘇，秋末的時候下午三點三十九分太陽就下山了，意思是午餐吃完緊接著就是黃昏！據說芬蘭的冬季天寒地凍，氣溫一般都在攝氏零下二十九度左右徘徊。就跟許多北國的居民一樣，這個國家的人民憂鬱症、自殺和家暴的比率相對來得高。

我讀的資料越多就越擔心。不僅如此，這個國家絕大部分的地形看起來又扁又平，就像一塊美式鬆餅一樣，沒有高低起伏，沒有一座眞正的山，放眼望去一片單調乏味。

我擔心到了十一月的時候，我就會覺得很寂寞、很憂鬱。我想像自己嘗試交朋友，但只得到冷淡的回應。我想像自己一個人在家，先生去上班、兒子去上學，我沒有人可以講話，沒有地方可去，沒有事情可做。我看到自己可悲地坐在餐桌前，滑著朋友的臉書，迫切想跟熟悉、友善但離我很遠的世界取得聯絡。有鑑於此，我開了一個臉書帳號，以便與外界保持互動。

更玄的是，芬蘭不止對所有人而言都很神祕，對它自己來講也是一團謎。芬蘭和瑞典、挪威、丹麥、冰島同爲北歐五國，五國有許多共通的社會規範和價值觀。芬蘭往往和瑞典、挪威、丹麥一同被歸類爲「斯堪地那維亞」的一部分，「斯堪地那維亞」一詞來自北歐的斯堪地那維亞山脈，山脈所及範圍的民族就被統稱爲斯堪地那維亞人。但芬蘭實際上很不斯堪地那維亞，因爲不管在人種或語言上，芬蘭和其他幾國都沒有什麼共同點，而且斯堪地那維亞山脈只有一咪咪碰到芬蘭的西北角而已。芬蘭語的來源是一團謎，而且跟北歐語系沒有關係，反倒有可能是源自古時候的愛沙尼亞語、匈牙利語和烏拉爾語——這些語言分布在南邊的中歐地區，甚至是東邊俄羅斯境內的烏拉爾山脈。芬蘭語和芬蘭人到底是哪裡來的？就連芬蘭人自己也吵不出個所以然來，截至目前爲止都還沒人完全破解這道謎題。

從我能找到的書籍和文章看來，這些芬蘭人怪得很，有時簡直就是詭異。長居芬蘭的德國作者赫艾・赫曼（Harald Haarmann）在他的著作《現代芬蘭》（*Modern Finland*）中說：「有些人認爲芬蘭人很瘋，此話倒也不假，因爲就某些方面來說，他們眞的不太對勁，尤其是他們拿來自娛娛人的那些詭異競賽。」②

書上說，芬蘭人有各式各樣稀奇古怪的競賽，往往是在夏季這個「瘋玩季」舉行，此時晝長夜短，到了夜裡都有日照。舉例而言，松卡耶爾維（Sonkajärvi）這座小鎮每年都會主辦「國際盃揹老婆比賽」（eukonkanto），男性參賽者要揹著女性參賽者衝過八三三英尺（約二五四公尺）長的賽道，途經崎嶇的路面，有兩道陸上障礙和一道水上障礙。男性揹的女性參賽者則至少要有五十公斤重，不一定要是老婆，也可以是朋友或女友。這個無厘頭的比賽，顯然是從山賊強搶民女的古老傳說得來的靈感，但現代版的搶親盛會對觀眾和參賽者來講都是娛樂。根據遊戲規則，每一位參賽者都要有保險，而且必須是心甘情願、樂在其中。

其他芬蘭特有的「體育競賽」還包括在許林薩爾米鎮（Hyrynsalmi）舉行的沼澤足球、在蓬卡哈爾尤鎮（Punkaharju）舉行的年度世界盃丟手機冠軍賽，以及三溫暖久坐比賽、打蚊子比賽、拍桌子比賽、擠奶凳投擲比賽、割稻草比賽、丟雨鞋比賽、空氣吉他比賽，還有比賽坐在螞蟻窩上。在拉赫蒂市（Lahti）的吉他彈奏節（RautalankaFestarit）當中，有一項活動是比賽聽哀傷的鄉村音樂，看誰能忍耐得最久。

過去幾年，芬蘭躍上國際版面時，往往只是被拿來揶揄。在二〇〇〇年代，芬蘭食物被同爲歐盟國家的領袖公開批評很難吃，其中包括義大利前總理貝魯斯柯尼和法國前總統席哈克。一九八〇年，英國的蒙提蟒蛇劇團（Monty Python）發了一張叫做《履約義務專輯》（*Contractual Obligation Album*）的唱片，主打歌是令人聽過就忘的〈芬蘭〉，這首歌彆腳的歌詞寫道：「芬蘭、芬蘭、芬蘭，芬蘭什麼都有，可惜你老被世人忽略，甚至徹底遺忘，出國比一比，慘度僅次於比利時。」

一九九三年，哥倫比亞廣播公司（CBS）播出一集六十分鐘的惡毒節目，叫做《探戈芬蘭頌》（*Tango Finlandia*）。節目中，記者莫利．塞弗（Morley Safer）來到赫爾辛基，模仿社區活動中心的芬蘭老人僵硬、可悲的舞步，他說這個國家「瀰

② Haarmann, *Modern Finland*, p. 104.

漫著憂鬱、哀傷和害羞」，這裡的人「只跟自己往來」。這位記者下了個註腳說：「難怪芬蘭有全世界最低的生育率和最高的自殺率。」

塞弗不知道的是，當時正值芬蘭史上最嚴重的經濟衰退，這個國家借助於本土公司諾基亞（Nokia）的力量，逐漸在手機市場建立起領先全球的地位，並在二○○○年代達到巔峰，直到輸給蘋果公司（Apple Inc.）爲止。此外，在學齡教育這方面，二○○○年時，芬蘭出乎世人的意料，也出乎自己人的意料，以國際標準而言，在數學、自然科學和閱讀的分數排名世界第一。如今，芬蘭在歐洲國家仍保持領先的成績。以公平受教權、學習效率和學生的幸福指數而言，芬蘭在工業國家當中也是排名第一。

我確實注意到芬蘭有一些耐人尋味的地方，至少在紙上看來很有意思。除了出了名的寒冷、灰暗、臭臉和稀奇古怪的習俗，芬蘭也在國際排名上收穫了各式各樣的金牌。說來匪夷所思，以一個傳說中鬱鬱寡歡的民族來講，芬蘭後來在國際間搏得的美名，竟然還包括聯合國公布的「世界上最快樂的國家」，而且到二○二一年已是連續四年排名第一❶。

這個國家人口不到六百萬，歷史不到一百年，國土有一大片都在北極圈內，而且，在國家穩定、個人的自由和選擇權、身心健康、法律的完善、經濟的繁榮、人與人間的信任、性別平等、社會向上流動性❷、安全、創業門檻低、自治權、社會正義、人力資本、生活品質、生活滿意度、識字率、人權、政治清廉、貧窮率低、母嬰死亡率低、公正選舉、最好的學校、最強的銀行、最健全的警察與保全體系、最強的法院、最乾淨的空氣／食物／水等各方面，芬蘭在歐盟國家乃至全世界不是第一，也是第二或第三，通常僅次於另一個同屬北歐的國家。

據說芬蘭有一等一的健保系統，而且，包括父母雙方都可以放很奢侈的育嬰假在內，芬蘭的社會福利系統好到它是全世界唯一男性比女性花更多時間陪孩子的國家。根據芬蘭的法律，七歲以下學齡前的兒童都有權享受高品質的幼兒教育和照護。自從一九四三年以來，學校就免費供應午餐給所有的孩子。

---

❶聯合國二〇二二、二〇二三年公布的「世界上最快樂的國家」第一名也是芬蘭。

❷ upward social mobility，社會學術語，意指社會自由、階級鬆動，個人可透過努力爬到更高的社經地位。

我了解到芬蘭是性別最平等的國家之一，不管妳是媽媽、女孩、少女或婦女，這裡都是最適合妳的國家。在歐洲各國中，芬蘭有最多的女性國會議員。以女性受教育的機會而言，芬蘭也是排名世界第一。早在一九〇六年，芬蘭就搶在全世界的前面，給予婦女充分的投票權和參選權。時至今日，在女權與性平這方面，芬蘭依舊是名列前茅的國家。芬蘭從二〇〇〇年到二〇一二年都有一位女性總統、兩位女性總理和五位女性國會發言人，內閣當中的女性成員占比也是世界最高。芬蘭不只支持性別平等，甚至還帶動全球，發起中性代名詞的運動——在芬蘭文中沒有「她」「他」之分，一律都用「hän」。

我在日本長大，日本社會到現在還會要求太太要走在先生後面幾步；而我成年後的歲月大半都在美國度過，#MeToo 浪潮一起，美國的新聞標題就被相關的醜聞洗版。然而，根據我讀到的資料，芬蘭早就邁開大步，朝性別平等邁進。在性別進步的各項排名上，芬蘭都領先全世界。光是衝著這個原因，我就覺得芬蘭應該是個教育子女的好地方，或許能給我們的孩子很好的文化薰陶。

有三項排名特別吸引我的注意：芬蘭是移民家庭心目中第一名的國家、芬蘭有最好的公立中小學、芬蘭的國家森林面積（約占七十％的國土）是全歐洲最大的。嚴格說來，瑞典的「樹量」更多，但林地在國土上的占比較小。在《芬式文化衝擊：習俗與禮儀生存指南》（***Culture Shock! Finland: A Survival Guide to Customs and Etiquette***）一書當中，作者黛博拉・斯瓦洛（**Deborah Swallow**）說芬蘭人「是貨眞價實的森林民族，環保是他們其中一個核心理念。善待森林、森林永續的法令可追溯到一八八六年，相關規定至今仍不斷與時俱進，這只是芬蘭人長久以來的『綠色』遠見之一例」。她補充道：「在很大的程度上，氣候、自然和地理形塑了芬式思維。芬蘭人自認和其他文化都有距離、隔閡和差異，但芬蘭人和他們的森林與湖泊卻是密不可分、融爲一體。」③

與全世界相比，芬蘭似乎是相當先進又適合家庭生活的森林國度。相對於其他國家，芬蘭在社會福利和性別平等上都有亮眼的成績。在丹尼・道靈（**Danny**

③ Deborah Swallow, *CultureShock! Finland: A Survival Guide to Customs and Etiquette* (Graphic Arts Center Publications, 2001), p. 61.

Dorling）和安妮卡・柯琉林（Annika Koljonen）合寫的《芬托邦》（*Finntopia*）中，兩位作者寫道：「當然，芬蘭不是烏托邦。但放眼當今之世，也只有芬蘭最接近烏托邦了。比起地球上的其他任何一個國家，芬蘭人致力於打造理想社會的決心和行動力都更強。」④

儘管這些加分的地方很誘人，但我還是告訴我先生，根據我讀到的資料，到了十月中旬的時候，天寒地凍的芬蘭籠罩在一片黑暗之中，我也很有可能陷入愁雲慘霧之中。

到時候，如果我真的很想回紐約，那我要有可以選擇回來的權利。我們達成了協議。

我們承諾彼此，如果我受不了芬蘭，那我可以先行離開。到了新年的時候，外子在學校的任務結束了，他再帶著我們的兒子回來紐約。呼！這下可以鬆一口氣了！

於是，仲夏時分，我們登上了前往芬蘭的飛機。

---

④ Danny Dorling, Annika Koljonen, *Finntopia: What We Can Learn from the World's Happiest Country* (Agenda Publishing, 2020), p. xvi, 219.

3

來自教授的歡迎

「芬蘭人的生活以森林為主軸①。在芬蘭的民間神話中，掌管森林的是生命之母，說到底，祂承襲了聖母瑪利亞的角色。芬蘭人懷著敬畏的心情親近森林。人類只是訪客，對森林沒有任何名正言順的權利。」

——赫爾辛基大學比較宗教學教授尤哈・潘迪凱寧（Juha Pentikäinen）

我們在世界上最冷清的機場降落。

從赫爾辛基飛了一小時，螺旋槳接駁機在約恩蘇機場把我們放下來。從空中俯

① Harald Haarmann, *Modern Finland* (McFarland, 2016), p. 29.

瞰，這裡跟芬蘭其他地方沒什麼兩樣。機場是從濃密的松樹、杉樹和銀白色的白樺樹林中闢出的一塊空地。地面景觀點綴著湖泊、牧地、田野和小小的木屋，偶有雙線道的馬路。

放眼望去都沒有其他飛機，機場只有一個大廳、一個出入口、一個行李轉盤，候客計程車也只有一輛。仲夏的空氣清爽又乾淨，帶有濃郁醉人的松香，聞之沁人心脾。

「歡迎來到芬蘭！」一位朝氣蓬勃的女士頂著一頭紅褐色的頭髮，咧開嘴露出溫暖的笑容，邊喊邊給我們一個熊抱。她是東芬蘭大學人文學科的教授海咪．亞拉維盧爾瑪—馬凱拉（Helmi Järviluoma-Mäkelä），也是負責接待威廉的校方代表和研究獎助金的贊助人。

海咪是我在芬蘭見到的第一個本地人，她開朗愛笑又健談。根據我讀到的資料，我想像的芬蘭人可不是這個樣子。沒有令人尷尬的沉默。她是很有學問的人文學科教授，在「聲景」（soundscape）的領域是馳名國際的權威學者。此外，她剛當上奶奶，整個人散發幽默的氣息和求知慾，不只對學問充滿熱情，對一切的一切都充滿熱情。

海咪後來在二〇一九年獲同儕評爲芬蘭最佳教授，原因顯而易見。事實證明，她是我這輩子見過最和善、最溫暖、最快樂、最好奇、最正面、最聰慧、最開明的人之一。她就像一曲生動的前奏，爲我後來結識的許多芬蘭人揭開了序幕。我很快就發現，芬蘭人是很特別的一個民族，尤其是芬蘭女人。二〇〇六年，英國的《電訊報》（*The Telegraph*）就曾寫道：「芬蘭女人比芬蘭男人更外向、更有親和力，而且往往能說三、四種語言。她們在社會上和商業界的地位備受尊崇，比其他多數文化中的女性地位來得高。」②

我很快就得知，北卡累利阿區的居民以熱情奔放出了名，他們比其他地方的芬蘭人更外向，也更善於表達。由於地理位置緊鄰俄國，俄國人又往往熱情洋溢、情感豐富，熱情奔放就成了這塊偏遠蠻荒之地特有的流風遺俗。事實上，在芬俄邊界

② "National Cultural Profiles—Finland", *The Guardian*, December 16, 2006, https://www.telegraph.co.uk/news / uknews/4205553/National-Cultural-Profiles-Finland.html

的兩邊都有成千上萬的人口源自北卡累利阿族。作爲一個頑強、自立、熱愛生命的民族，北卡累利阿族有他們自己的語言和身分認同。我後來又得知，在芬蘭的其他地方，所謂的「森林民族」給人的聯想可能是安靜和沉思，除非你把森林裡的熊惹毛了。但在卡累利阿，我很快就觀察到「森林民族」的標籤猶如一張瘋狂派對的許可證。

我們的新家靠近這座小城市的市中心，從機場開過去的二十分鐘車程中，我們一路經過了蒼翠的森林和田野，也一路聊個不停。海咪沿途爲我們一家人指出一景一物——這是我們年幼的兒子要去念的師範學院附屬小學❶，就在東芬蘭大學的校園裡，校舍是一棟棟北歐風格的粉紅色磚造建築，看起來光鮮亮麗又現代化；那是約恩蘇市民廣場的露天市場（tori），一個挨著一個的攤子賣著當地自產自銷的莓果、魚鮮、蔬菜和手工藝品；這裡有一家咖啡館，我們可以去喝下午咖啡（iltapäiväkahvit）配肉桂捲（korvapuusti）。

約恩蘇的街道兩旁，在歐風的現代化大樓間穿插著俄式的老房子。現代化的圖書館蓋得美輪美奐，藏書中也有豐富的童書。我們很快就見識到一幅驚人的景象——在週五或週六的晚上，約恩蘇的居民紛紛占據了圖書館內的桌椅，人多到無處立足，大家無不安靜、專注地埋首於紙本書和報章雜誌之中。芬蘭是全世界識字率最高的國家，有著世界上最熱愛閱讀的國民，芬蘭人可是非常重視他們的圖書館的。

約恩蘇的大街兩旁立著高聳的白樺樹，耀眼的盛夏陽光透過樹葉篩下來。海咪開著車爲我們導覽之際，我也對綠意盎然的景象歎爲觀止。在許多區域，蓊鬱的森林不只包圍這座城市，甚至融入城市之中，樹木就在市區優雅地舞動著。當初在打造約恩蘇時，都市規劃師就大量保留了本來的林貌，使得這座城市就像童話中的科羅拉多州伐木小鎭或阿爾卑斯山谷小鎭，但市中心或「keskusta」卻點綴著密集的蘇聯風格辦公大樓和百貨公司，形成奇特的景色。

我很快就了解到，就跟芬蘭典型的都市計畫一樣，約恩蘇在都市規劃師的巧手

❶東芬蘭大學的師範學院（teacher-training school）附有一到六年級學童就讀的小學部和七到九年級生就讀的中學部。

之下成為一座森林之城，連接鄰里的道路常常穿梭在未受人為破壞的樹景之間，這些平緩的道路不只適合走路和騎單車，也很適合冬天裡的越野滑雪。不管是往哪個方向，多半只要快走十五分鐘就是森林。單車專用道彷彿到處都是，而且廣受市民歡迎。約恩蘇是歐洲的森林研究首府，因為歐洲森林研究院（**European Forest Institute**）的總部就設在這裡。歐洲森林研究院是一個多國非政府組織，坐落在東芬蘭大學校園一棟絕美的木造建築裡。

在靠近湖畔的地方，我們看到四處坐落著五顏六色、櫛比鱗次的北歐風格小木屋，屋外有小小的花園，還有通往公共淋浴間和三溫暖的步道。每一棟的設計都截然不同。除了在童話繪本裡，我就沒看過這種景象。海咪介紹說這些房子是「**kesämökki**」，也就是舒適的避暑小木屋，當地居民會來放鬆、游泳、野餐或划船。

卡累利阿區是歐盟國最東邊的一塊陸地，也是歐洲最後的一片荒野，和俄國之間有著一九二英里（約三〇九公里）長的邊界，大部分是由湖泊、田野、平緩的山丘和森林所組成，森林裡住著少許通常很害羞的棕熊、貂熊和加拿大馬鹿，而約恩蘇就是這一區的首府。

作爲一個伐木站與貿易站，這座城市建於一八四五年，位在皮耶利寧河（Pielisjoki）流入皮海塞爾凱湖（Pyhäselkä）的河口處，雖然地處芬蘭的窮鄉僻壤，深受高失業率、貧困落後、農場關閉、伐木業經營困難等問題所苦，但約恩蘇也是東芬蘭大學的所在地。全芬蘭有八所大學提供領先全球的師範碩士學位課程，東芬蘭大學就是其中一所，而且學生不只來自芬蘭各地，也來自許多歐洲、非洲、中東和亞洲國家。

我們的公寓位在一條安靜、氣派的大街上，來自英國的訪客、《時代雜誌》（*Times*）的記者希拉蕊・芬奇（Hilary Finch）描述過這條街：「作爲鎮上最長、最直的一條大道，教堂街（Kirkkokatu）呈現出宗教信仰兩極化的色彩，一邊是路德會紅磚教堂的尖塔，另一邊是東正教白綠相間的木造建築，隱身在隨處可見的銀白色白樺樹之間。」她補充道：「這是一座適合散步的城鎮；沿河岸街（Rantakatu）而行，左側是一艘艘順流而下的木筏，右側是一排修復如初、色彩繽紛的十九世紀老式洋行。河流蜿蜒入湖，湖岸白樺樹濕地潮濕的空氣中有著濃濃的山谷野百合香，凡諾涅米別墅（Vainoniemi Villa）立在湖畔，就像一齣契訶夫戲劇的舞台布景。再往前走一點是一座大型的露天運動場，就跟芬蘭的任何一座大城小鎮一樣，在短促的夏季，約恩蘇也用音樂節、詩歌節和街頭戲劇節來慶祝悠長的白晝。」③

芬蘭的歷史雜揉了俄國與北歐的特色。在一九一七年獨立之前，芬蘭曾先後被瑞典和帝俄征服及統治。瑞典長達六百年的統治在芬蘭的國族記憶中留下深刻的印記，時至今日，瑞典語仍是芬蘭的第二官方語言。有些人認爲，被俄國和瑞典統治的經驗，一方面使得芬蘭人在某種程度上不願「強出頭」，免得芬蘭文化受到殖民壓迫者的打壓；一方面也養成芬蘭人堅毅的性格，他們才經得起天氣和歷史上嚴酷的考驗。這種堅忍不拔的精神，芬蘭人稱之爲「希甦」（sisu）。

事實上，在一八〇九年至一九一七年的俄國統治時期，芬蘭作爲沙皇統治下享有自治權的一個大公國，一直是受到相對「軟性」的統治，直到最後俄國人試圖壓迫芬蘭，並試圖將芬蘭徹底俄國化，芬蘭人歷經白色芬蘭和紅色芬蘭之間腥風血雨的內戰，才終於在一九一七年十二月六日完全獨立。一九三九年至一九四四年間，芬蘭和蘇聯的邊境爆發了「冬季戰爭」和「繼續戰爭」這兩場壯烈的衝突。爲免被蘇聯徹底殲滅，拚死一搏的芬蘭人只好與納粹德國結盟。不可思議的是，在嚴酷的低溫之下，數量遠不及蘇聯軍隊、常常必須踩在滑雪板上作戰的芬蘭人，竟然將蘇聯軍隊打得落花流水。

多數戰事都發生在卡累利阿這片芬俄共有的古老林地上，有四十多萬芬蘭人淪爲難民——不只一次，而是兩次。第一次是一九四〇年，蘇聯占領了一大片的芬屬卡累利阿，他們從自己的田地和家園撤往西部，接著又一路向東挺進，將東邊的國界推進到俄國境內，重新在芬蘭占領的「大卡累利阿地區」安頓下來。奈何不到三年，蘇聯重新占領此區，他們又往西撤退，迫使納粹退出芬蘭的領土，並割讓大片土地作爲停戰協議。過程中，芬蘭喪失了十％的領土、三十％的能源、二十二％的森林和二十％的鐵路，也喪失了芬蘭擁有的一小段北冰洋海岸線和一大塊的卡累利阿，包括曾爲芬蘭第二大城的維普里（Viipuri），也就是現今俄國人口中的維堡（Vyborg）。一九五二年，也就是赫爾辛基主辦夏季奧運的同年，最後一輛載送賠償物資的火車駛向蘇聯，芬蘭付清了巨額的戰爭賠償，令舉世刮目相看。

③ Hilary Finch, "From the Heart to the Finnish", *The Times* (UK), April 26, 1986.

如今即使許多芬蘭人都難得跑到偏遠的約恩蘇，或只在前往科利國家公園（**Koli National Park**）的途中經過這裡，卡累利阿仍是組成芬蘭靈魂不可或缺的一區。科利和卡累利阿謎樣的景色爲一八九〇年代的藝術家、作家和作曲家帶來靈感，使得浪漫主義和民族主義的藝術在這個「黃金時代」蓬勃發展，尤以十九世紀中期的芬蘭文學經典《卡勒瓦拉》（*Kalevala*）爲代表之作。

《卡勒瓦拉》（意思是「英雄之國」）最初於一八三五年問世，後於一八四九年增訂，是由芬蘭醫生艾里阿斯・隆洛特（Elias Lönnrot）彙整而成。他走遍卡累利阿及其北邊和東邊各區，包括現由俄國掌控的大片區域，收集地方上的傳說、民間故事和詩歌。《卡勒瓦拉》成爲最重要的國家文獻和芬蘭最著名的文學作品，有些人認爲它和希臘的《伊里亞德》、德國的《尼貝龍根之歌》、印度的《摩訶婆羅多》同爲世界上最偉大的國寶級文學史詩。芬蘭政治人物及芬蘭獨立宣言的主筆人艾米爾・內斯妥・賽達拉（Emil Nestor Setälä）就曾寫道：「我們知道《卡勒瓦拉》問世之時就被視爲一個黃金時代的故事，至今也依然如此。在那個古老的時代，人心比現代更爲純樸善良，人與自然的關係也更爲緊密。那是一個和諧的時代，也是一個相信精神力量的時代，尤其相信文字的力量。」④

《卡勒瓦拉》是一個尋寶的故事，要尋的寶物是「三寶磨」，只要擁有這個神祕又神奇的寶物就能得到財富與好運。根據故事中的描述，這個大家爭相搶奪的三寶磨會變出金錢、麵粉和鹽巴。作爲一個文學象徵，它就像其他神話故事中的聚寶盆，例如希臘神話中的豐收羊角、亞瑟王傳說中的聖杯，以及許多文化中都有的世界樹或生命樹。

托爾金年輕時讀到《卡勒瓦拉》這部史詩，後來才有了《哈比人》和《魔戒》的故事。即使未曾踏足芬蘭，但托爾金迷《卡勒瓦拉》迷到去學芬蘭文，就爲了讀原文版的《卡勒瓦拉》。托爾金回憶當初開始接觸陌生的芬蘭文時，「就像發現了一座酒窖，裡面滿是一瓶又一瓶不可思議的美酒，有著嚐都沒嚐過的味道，令我陶醉不已」⑤。《卡勒瓦拉》故事中的一些主題也出現在托爾金的奇幻世界中，包括

---

④ Lotte Tarkka, *Dynamics of Tradition: Perspectives on Oral Poetry and Folk Belief; Essays in Honour of Anna-Leena Siikala on Her 60th Birthday* (Finnish Literature Society, 2003), p. 152.

⑤ Tekijät Humphrey Carpenter, *J.R.R. Tolkien: A Biography* (Houghton Mi in Harcourt, 2014), p.67.

尋找一件法力無邊的神奇寶物、明暗與善惡之爭、兩性與手足之爭，以及孤兒英雄踏上翻山越嶺的尋寶之旅。

事實上，卡累利阿就是原版的中土。

而它現在就是我的家。

4 失散已久的姐妹

海咪教授協助我們在新家安頓下來時，我跟她說我在約恩蘇有一件想做的事，那就是趁這段時間認識當地的傳統料理。我對食物有濃厚的興趣。我在東京的媽媽千津子是日式家常料理女王，我和威廉一起寫了三本食譜書向她致敬，也向世界上所有爲心愛的人下廚的人致敬。我心想，認識當地食物應該是認識芬蘭和卡累利阿的好辦法。

海咪推薦我從市民廣場的露天咖啡館「馬大咖啡」開始。在溫暖的夏季，店內除了供應自家手作的卡累利阿派，也供應其他具有代表性的當地美食。她還補充說他們就在廣場上現做現賣。

海咪解釋道，「馬大」（Martat）是芬蘭的一個志工組織，爲地方上提供社會服

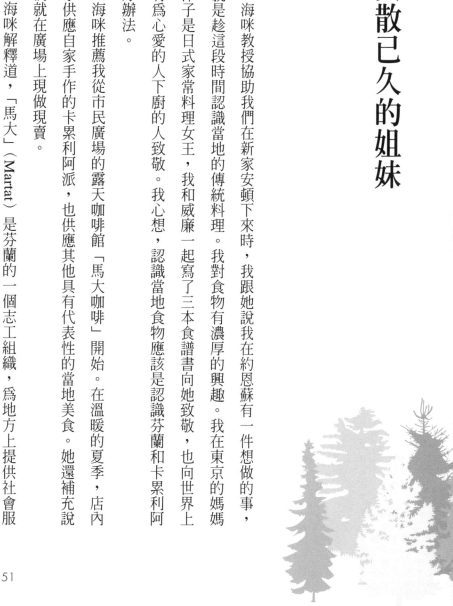

務與救助。組織成員被稱之爲馬大人。這個組織的名稱來自《聖經》人物馬大，也就是耶穌的阿姨、聖母馬利亞的姊姊。在耶穌前去拜訪她們時，馬大忙進忙出準備食物、布置餐桌。馬大協會的符號是一塊飄揚的圍裙。海咪告訴我，在市民廣場上有她們的店面、辦公室和料理教室，那裡是馬大協會在北卡累利阿的總部，他們也會在那裡開料理課。

當天稍晚，我們一家三口就坐在馬大咖啡的露天咖啡座，頂著紅白條紋的遮雨棚、一碧如洗的藍天和一朵朵蓬鬆的白雲（芬蘭國旗就是藍白兩色），大啖卡累利阿派。

美味的卡累利阿派是一種四吋長、三吋寬（約十公分長、七～八公分寬）的橢圓形開面派餅，中間填了米粥，周邊捏起的全麥餅皮薄薄、脆脆的，味道樸實無華，中間的餡料入口即化，帶有微微的鹹味——內餡混入了奶油和白煮蛋碎，鹹得恰到好處。

卡累利阿派之於芬蘭人，就像貝果之於紐約人、飯糰之於日本人、可頌之於法國人，是一種簡單卻令人垂涎欲滴的國民美食。在北卡累利阿區和全芬蘭，不管是在咖啡館，還是在聚餐、派對、野餐、登山野炊的場合，卡累利阿派的蹤影都是隨處可見。

那是一個清爽宜人的夏日，氣溫攝氏十五度。當地人埋怨這個夏季特別多雨，但那陣子的天氣變得超好。市民廣場上滿是闔家在艷陽下享受夏末時光的民眾。

在一份當地的藝文活動傳單上，我看到次日在市民廣場就有馬大協會北卡累利阿分會辦的親子烘焙課，可惜我們忙著整頓新家，不得不錯過。但我特地提醒自己，以後要再找找有沒有類似的機會。幾天後，外子展開他在東芬蘭大學的研究工作，小犬則開始到附近全英文授課的公立學校上學。就跟卡累利阿的許多地方一樣，這兩所學校都被包圍在森林之中。

我查了馬大協會北卡累利阿分會的官網，但由於內容都是芬蘭文，我看不出所以然來，於是我寄了封 email 過去，詢問有沒有英文授課的地方傳統料理課，並在信中說明了一下我的背景。馬大協會北卡累利阿分會的會長卡蒂亞．科蕾哈邁寧（Katja Kolehmainen）立刻就回了信，邀我去他們的辦公室，見見她和其他的馬大人夥伴。卡蒂亞很快就成爲我的摯友。在我心目中，她就像是一位大姊姊，儘管她其實比我年輕許多。在她的協助之下，我開始探索這個新環境。

＊＊＊

我在約定時間來到約恩蘇市民廣場，按下馬大協會辦公室的門鈴。裡頭滿是歡聲笑語，忙碌的男男女女聚在一間開放式實驗廚房的大桌前，邊喝咖啡邊上烘培課，不時停下來品嚐又膨又酥的成品。

看到我這明顯的外來者，馬大人紛紛邀請我入內。一聽說我來自紐約，他們就用熱情的歡迎和吱吱喳喳的交談聲將我包圍。

才幾分鐘的工夫，他們待我就像一個失散已久的姐妹。

馬大人是我這輩子見過最活潑、最開朗、最奔放、最友善、最好奇的一群人了。他們的年齡介於十八歲到八十歲不等，許多人在週間另有工作，遍及各行各業，也有些是全職的馬大員工，但多數都是馬大志工。他們的熱情令我受寵若驚。

說到芬蘭人的個性，至少就這個地區而言，我那外向、爽朗的新朋友海咪教授並非

全國婦女理事會合作，後者是結合了六十七個芬蘭女性團體的綜合組織，總計代表了大約四十萬名致力於促進女權和性別平等的芬蘭女性。無論你是男生、女生、彩虹族群❶、年輕人、小朋友、移民、難民、觀光客，還是一個徹頭徹尾的新面孔，馬大協會都歡迎你。

琳嘉接著倒了杯茶給我，繼續說明馬大協會在芬蘭的社會服務包括去拜訪長輩、幫忙長輩做家事、協助中東和其他地方的難民，此外也協助更生人、失業人士、藥物上癮者，以及身心障礙人士。馬大人教家中有小孩的家庭如何照顧嬰幼兒、如何精打細算做出營養的副食品。如果聽說有缺乏社會互動的獨居老人，他們就會邀這個人來參加協會的活動、培養新嗜好、認識新朋友，並參與自己做得來的志願工作。

近年來，馬大協會的志工為初來乍到的中東難民舉辦講座，教他們如何在當地

❶此指 LGBT+ 或 LGBTQIA 族群，涵蓋女同性戀（lesbian）、男同性戀（gay）、雙性戀（bisexual）、跨性別者（transgender）、酷兒/對性別認同存疑或仍在摸索中的疑性戀（queer/questioning）、雙性人（interex）和無性戀/無性別/不認為自己屬於特定性別者（asexual/aromantic/agender）等等。

市場採買、如何認識新環境。最近才有一支馬大代表團前往喀麥隆共和國，跟當地婦女分享營養、家政和創業的見解。爲了籌措資金，馬大協會在芬蘭各地開設咖啡館及提供清潔服務。

琳嘉自信又聰明，口條流利又溫暖親切。我很快就發現，不分年齡、性別和職業，許多當地人都有一樣的特質，包括手機店的店員、二十歲的馬術教練、當地藥妝店的藥劑師，還有醫院裡的醫生、檢驗師和行政人員，他們全都散發一種一切盡在掌握之中的自信。

我的新朋友卡蒂亞．科蕾哈邁寧是一名溫暖又活力充沛的女子，她在芬蘭政府的難民中心擔任經理，爲來自世界各地的移民和人口販賣的受害者服務。她也曾在卡累利阿應用科學大學工作。如同絕大多數的芬蘭人，她的生活和大自然密不可分。她告訴我：「我的家人是森林民族。如果你的童年生活裡有大自然，那你一輩子都會是大自然的孩子。打從我學會走路起，我們就去森林裡釣魚、摘莓果、採蘑菇。我父親很愛打獵，有一次我甚至向他抱怨說：老爸，我吃夠野兔了，我想吃『眞正的肉』，超市裡那種有包裝、有標籤的！在森林或野外，我覺得很習慣、很放鬆、很自在，就像在自己家裡一樣，我一點兒也不害怕。」

卡蒂亞補充道：「馬大協會的宗旨跟一八九九年成立時一樣，儘管我們面臨的具體問題不一樣。馬大協會教導沒有生存技能的人如何謀生、如何把日子過好。在我們的服務中，『食物』是一大核心——如何製作和栽種，如何負擔得起，如何上菜，如何享用，如何與別人分享，如何做出健康又美味的食物，如何販售食物補貼家用。食物的智慧對一個人的健康快樂來講不可或缺。」這番話我聽了很有共鳴，因爲我也花了很多時間研究日式傳統家常料理的養生智慧。卡蒂亞又說：「知道採買的技巧有助民眾省錢，知道如何在家煮出營養的餐點則有助民眾常保健康、活力和生產力。馬大協會教人如何清潔居家環境，有了乾淨的環境，才能過健康的生活。我們也教財務管理的技巧。」

卡蒂亞自豪地表示：「芬蘭政府知道馬大協會已證明了成功的方式，並支持我們持續爲社會各界人士開設課程，包括失業人士、出獄後的更生人、政治難民，乃至於糖尿病、癌症等疾病的患者。社會上有些茫然無措的人，例如精神疾病的患者，擁有基本的家政和生活技能可以給他們自信。他們會覺得『我做得到』。從我們這裡，他們學會如何照顧自己。」如今，馬大協會也有兩千名男性成員，並在芬蘭多數大學設有分會。在北卡累利阿，我常常聽到某某人的祖母、媽媽和女兒都是驕傲的馬大人。

瑪麗安妮·海琪拉（Marianne Heikkilä）除了是路德會的牧師，也是馬大協會赫爾辛基全國總會的祕書長，她曾說：「當你懷著謙虛的心，承認你不像自己所想的那般獨立，最終你會發現比自立自強更好的東西——互助的人道精神。」①呼應馬大協會無私、同理的宗旨，她補充道：「幸福始於能把自己的幸福分享給別人。」這包括分享食物、營養、家務、園藝、經濟和環保相關的技能與建議，影響所及不只個人與家庭，還有國家全體。瑪麗安妮最近才跟我聊過，她特別強調道：「我們一定要促進女權、性別平等和人權。」當她需要靈感或需要放鬆時，瑪麗安妮有一個很簡單的方法——投入森林的懷抱。她解釋道：「對我來講，森林是很重要的心靈歸屬，是神聖的綠洲，是平靜與休憩之地。」

在約恩蘇的馬大辦公室，我問卡蒂亞大家的手機爲什麼總是響個不停。她說：「多半是爲了我們的居家服務。今天，我們接到一位一百零三歲的老太太來電，她一個人獨居，需要家事清潔的服務。」

多年來，馬大人已建立起「家事女超人」的威名，有些芬蘭人甚至聞之色變。傳聞或許不假——據說她們是無所不能的娘子軍，織襪子、種菜、養雞、賣雞蛋、採集野生食材、自製果汁樣樣來，從零變出一桌菜不是問題，養兒育女的同時還能兼顧全職工作！

我在馬大協會的辦公室見到了瑪莉亞，她也曾抱持觀望懷疑的態度。她的姨婆奧古斯塔・萊恩（**Augusta Laine**）生前是芬蘭國會的議員，爲「女力」也貢獻了一己之力，不只在一九〇七年創立馬大協會的北卡累利阿分會，還當了四十年的會長。芬蘭的第一所家政學校，也是她在一九一九年創立的。如今，這所學校是全國技職學校系統的一員，訓練學生成爲專業的侍者、烘培師、廚師，乃至於飯店業及其他服務業的從業人員。芬蘭在業界各領域的客戶服務及專業服務皆是無懈可擊，祕訣就在於這些技職學校。家政的意識開始得很早，小學生就要上家政課，芬蘭人

① Tellervo Uljas, "Marianne Heikkilä: "I had a hard time admitting that I needed help", eeva.com, January 2017, https://www.apu.fi/artikkelit/marianne-heikkila-minun-oli-vaikea-myontaa-etta-tarvitsin-apua

從小就在學校的實驗廚房學習烹飪和上菜。

瑪莉亞說：「馬大人似乎無所不知也無所不能。成長過程中，我家裡的女人全都是馬大人。我本來不想成爲馬大人的。我無意成爲一個可以邊走路邊織毛衣的女人！」我驚奇地問：「這是怎麼辦到的？」瑪莉亞告訴我：「我仔細觀察過，有個馬大人在腰間繫了個口袋，口袋裡就裝了一球毛線！」馬大人甚至辦過邊走邊織的比賽，看誰走的距離和織的毛線最多！瑪莉亞繼續說：「我只想做我自己。我不想成爲某個協會的一分子。但後來我明白了，她們是了不起的人在做了不起的事，於是我就加入了她們的行列。」現在，她是協會裡最活躍的志工之一。而且，她自豪地說：「我的曾祖母、祖母、姨婆、媽媽、女兒和我都是馬大人。」

馬大協會是一個了不起的女性團體，而且，就跟許多芬蘭人一樣，她們跟森林緊緊相依、密不可分。

琳嘉補充道：「我們最熱愛的活動之一，就是在森林裡找吃的！」

「什麼意思？」我又驚奇地問道。

「我們教導民眾如何在森林裡安全採集食物。森林是我們的超市、聖殿和精神家園。森林總是爲我們供應所需。」

琳嘉解釋說，芬蘭是一個人民愛去森林裡覓食的國家。芬蘭人喜歡脫離既有的步道四處探索，徒手採集林中大量生長的莓果和蘑菇。琳嘉表示，對芬蘭人而言，森林是豐沛的食物來源。只要不造成破壞與干擾，芬蘭的法律和習俗保障人人都有在全國各處釣魚、游泳、露營、野餐、摘莓果和採蘑菇的權利。芬蘭到處都有人在採莓果、蘑菇和香草，而卡累利阿茂密的森林是最豐盛的食物來源之一。五月到七月是根莖類和香草類植物的豐收期，夏天和秋天都是蘑菇季和莓果季。我從琳嘉口中得知，從春天到秋天，一連好幾個星期，芬蘭的森林都滿是美味的菇類和營養又多汁的野莓，也有些菇類是有毒的。有史以來，一代代的芬蘭人都會鑽進森林裡，採集大自然的美味，像是蘑菇、越橘莓、雲莓、極地莓、山桑子（藍莓的迷你版表親）、蕁麻葉，以及據說療效很強的樺樹液。芬蘭遍地是蘑菇，人口卻那麼少，全國被人採來吃的蘑菇數量還不到十％呢！

芬蘭人把採來的野生蘑菇和莓果帶回家，做成傳統的派餅、濃郁的醬汁、湯品、焗烤料理、豐盛的燉菜，以及濃濃的果醬和果汁，不管是夏天在避暑小木屋，還是在長達數月的寒冬裡，都能拿出來享用。夏天有湖中現撈的小龍蝦，芬蘭人視之爲國寶。有些家庭在森林深處發現了採莓果和蘑菇的祕密基地，這些地點很珍貴，所以他們守口如瓶，只在家裡代代相傳，從不向外人透露。

聽起來太令人好奇了。我本來就很愛吃菇類蔬菜，某些菇類更是我從小吃到大的日式料理愛用的食材，例如香菇就是日式素高湯或全植高湯的基底。我甚至學到菇類有減少汙染的作用，可將農業廢棄物和工業廢棄物化爲食物和飼料②。我迫不及待要去親近和認識芬蘭森林自然棲地上的菇菇們了。

我問：「我也想跟妳們一起去採蘑菇。有人可以帶我去嗎？」琳嘉笑道：「沒問題，蘑菇組的馬大人可以帶妳去。」

接下來的日子裡，我一次又一次回到馬大協會的總部，不只報名參加他們的野地採食行程，也報名了烹飪課和菇菇講座。

很快的，我就追隨這群失散已久的姐妹，走遍卡累利阿的森林。

---

② 參見 Shweta Kulshreshtha, Nupur Mathur, Pradeep Bhatnagar, "Mushroom as a Product and Their Role in Mycoremediation", *AMB Express*, April 2014, https://www.ncbi.nlm.nih.gov/pmc/articles/PMC4052754/

5 將近百分之百的寂靜

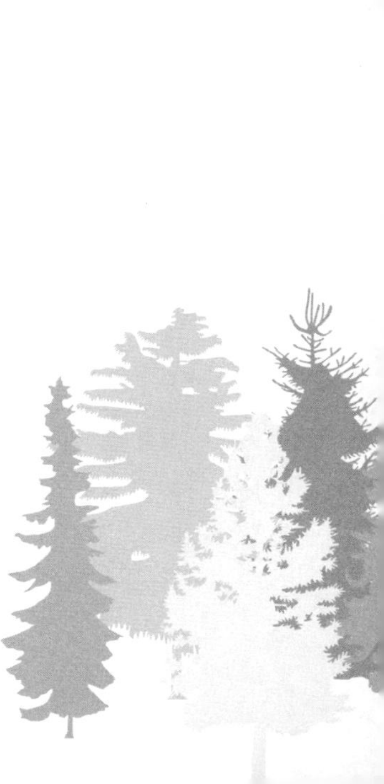

「他但願整座山谷都是空的，有很多的空間可以做夢。你得有一個寂靜的空間，才能好好想事情。」

——朵貝．楊笙《姆米谷的11月》中的托夫特①

幾天後，沿著河岸穿梭在約恩蘇的森林中時，我突然發覺四周安靜得難以筆墨形容。

對於一個在嘈雜的東京和紐約活了半輩子的人來說，這種感覺實在令人驚奇。

---

① Tove Jansson, *Moominvalley in November* (Penguin UK, 2003), ebook.

世界籠罩在深沉的寂靜之中，我停下來傾聽。我停下腳步，以免我的球鞋在狹窄的步道上發出摩擦石頭的聲響，破壞了這片寂靜。

寂靜包圍著我，周遭的世界彷彿靜止了。豎耳傾聽了一會兒，我發覺完全聽不到我在曼哈頓很習慣的噪音，耳邊沒有城市生活的喧囂——汽車喇叭聲、消防車和救護車尖銳的鳴笛聲、公車和卡車轟隆隆的引擎聲、餐廳裡的客人彼此交談的聲音、地鐵喀啦喀啦的行駛聲，還有店家和咖啡館播放的音樂聲。

就跟每個剛到一個新環境的人一樣，打從來到北卡累利阿，我總是有意無意地拿約恩蘇和曼哈頓比較，有時甚至跟東京比較。比著比著，我發現有些差異是看不見的。其中一個特別突出的差異，就在於這個新環境少了人聲或人爲的聲響，多了一份祥和與寧靜。一旦意識到我身處的環境有這個美好的特質，我甚至更加注意起那份安靜來了。每天不管去到哪裡，我都很訝異這份安靜帶給我的平靜。

有時候，我甚至能聽到將近百分之百的寂靜。我能聽到以前從來不曾聽到的聲音。不對，也不是不曾聽到，而是不曾注意過、不曾眞的用心去聽的聲音，像是我自己的呼吸聲，或是風的低吟、潺潺的流水、樹葉和樹枝輕拂的沙沙聲、遠處吱吱喳喳的鳥鳴聲，還有夏末的空氣在我周遭飄動的聲音。近處的皮耶利修齊河隱約泛著漣漪，流入下游的皮海塞爾凱湖。大地在我四周呢喃。

來這裡之前，我在網路和旅遊書上看到了許多芬蘭的美景，也很期待親臨這個賞心悅目的國家。但我沒料到伴隨這些美景的自然聲響、寂靜的力量和消失不見的都市噪音，原來會對人的心理有那麼強大的影響。

我感受到的安靜並不是完全沒有聲音，而是少了在大城市成長、生活的我一直以來都很習慣的人爲噪音。耳畔依稀傳來大地輕柔的細語和大自然輕聲歌唱的旋律。這些聲音令人深深地靜下心來。當代心靈大師艾克哈特．托勒（Eckhart Tolle）就曾寫道：「無論身在何處，傾聽寂靜的聲音是活在當下最簡單、最直接的辦法。傾聽寂靜立刻就能爲你的心帶來寧靜。」

每當我問芬蘭婦女爲什麼那麼愛森林，她們往往都會描述起那種天人合一的境界，形容說森林是她們的超市、健康俱樂部、精神上的避難所和信仰的大教堂。

大地對我輕聲低語。我沒有聽到具體的話語。大自然窸窸窣窣的聲音比較像是舒緩的音樂。幽微婉轉，輕輕將我擁入懷中，歡迎我回家，呼喚我回到森林。

在大自然的護送之下，我重新沿著河岸邁開腳步。先是聽到更多的輕聲細語，接著又什麼聲音也沒有。我朝河口走去，在聽覺和視覺上，全心全意沉浸在周遭這片森林裡。

我出神地走在一片祥和寧靜之中。

6 森林浴

「這裡的居民身強體壯、容光煥發、一臉慧黠，兩頰有著高高的顴骨，兒時髮色偏黃，成年後轉為褐色。對於他們的社會習俗、道德規範和言行舉止，旅行到這裡的外地人皆是讚不絕口。他們的個性普遍都很溫和，脾氣來得很慢。萬一生氣了，也只是保持沉默。他們樂觀開朗，充滿人情味，與陌生人往來也保持尊敬與誠實。」

——一八八八年約翰·馬丁·卡瓦福德英譯版《卡勒瓦拉》序言①

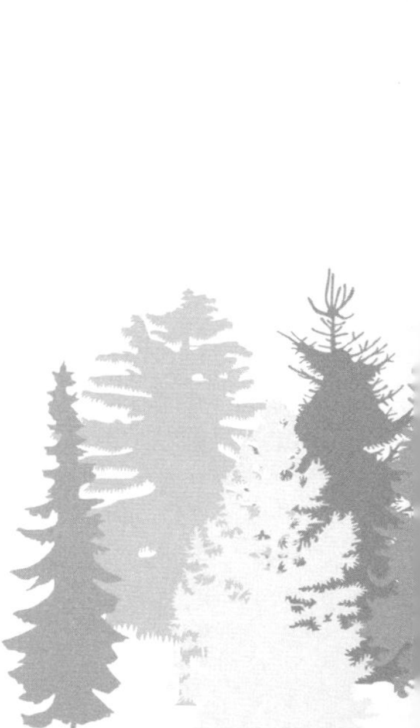

① 本書摘自《卡勒瓦拉》的段落皆來自 John Martin Crawford English translation published in 1888, available at http://www.gutenberg.org/files/5186/5186-h/5186-h.htm

在芬蘭的第一天負責接待我們的海咪教授，後來有一天又帶我們去森林裡健行。

我們從她位在森林深處的家開始，那是一棟舒適的木造房屋，她和先生馬迪．馬凱拉（Matti Mäkelä）同住，馬迪是一位傑出、知名的芬蘭作家和學者，當時正在攻讀哲學博士的學位。

房子坐落在一片碧綠之中，被山坡上高聳的雲杉包圍，山坡下則有一棟老式的芬蘭浴小木屋、一艘划艇和一條小溪。當天早上，馬迪才從溪裡抓了鱸魚來，給我們當早午餐。

健行時和健行後，海咪都跟我們說著森林對她這一生的影響和她對森林的回憶。她在芬蘭西部的一座小農場長大，後院就有一片森林，距離二十五英里（約四十公里）才是另一戶人家。夏天，森林裡滿是越橘莓和山桑子，她和兄弟姐妹就從森林裡取材，發揮創意自己做玩具來玩。他們的童年時光大半都是在戶外度過。山桑子是歐洲本土的莓果，跟北美藍莓有親戚關係，但比美洲的藍莓更小顆，顏色也比較深。

她回憶道：「我們成天在森林裡穿梭，而我就愛泡在森林裡。」多年以後，她對森林裡的聲音、畫面和氣味仍然留有鮮明的記憶。「四歲時，我有一天躺在非洲百合的花叢間。還記得我在地上爬來爬去，最後躺了下來，心裡想著：我是它們的一份子。曾經有人跟我說，我身上帶有一股森林的沉靜。」

海咪告訴我：「我對兒時的森林有很強的感官記憶。我記得一年四季的味道和聲音。秋天是我最愛的季節了；空氣中有濃郁的蘑菇潮腐味。冬天則是霜雪的氣息。春天是白樺樹濃烈的清香，接下來的夏天有清爽的乾草味，還有我最愛的大杓鷸或白腰杓鷸的鳥鳴聲。」

她繼續說道：「要是一段時間不能親近森林，我就不開心。那是一種發自內心深處的渴望。在森林裡的我才是完整的。在森林裡，你可以自由自在，你可以呼吸新鮮空氣。我很認同樹木蘊藏著許多能量的說法，尤其是松樹。在芬蘭，如果一對父子在森林裡工作，兒子累了的話，父親就會叫兒子背靠松樹汲取能量。芬蘭人眞的相信樹木可以給你能量！所以，我很累的時候就會跑去抱著一棵松樹。」

海咪最後下了句結語：「我承認自己是一個無可救藥的抱樹迷。」

聽她這麼說，我心想：我也是！或許這是全人類共同的需求——去森林裡，沐浴在樹木的力與美之中。我的人生需要更多的森林浴！

我不禁回想起二十歲出頭的時候，我在東京大手町一家工作壓力很大的美商廣告公司擔任基層人員。當時的我剛從伊利諾伊州的大學畢業，回到東京找了人生第一份工作，加班加得昏天暗地，每天通勤去上班，電車裡擠得像沙丁魚罐頭。我這一代人的父母在戰後打造了日本的經濟奇蹟，讓日本躍升爲世界第二的經濟強國。不幸的是，到了我這一代，社會風氣還是要你瘋狂加班，爲了公司、工廠或辦公室犧牲私人時間，無視假期的存在。我很懷念美國開闊的空間。我渴望能有自己的時間、空間和安寧。

在許多的週末，我都逃離這座人口超載的大城，跑到鎌倉的山林裡健行，或是參觀雕梁畫棟的廟宇。鎌倉在東京南邊，搭特急列車過去約一小時半的車程，一一八五年至一三三三年的鎌倉幕府就是以這裡爲根據地。我很想念大學時代在美國結交的朋友們，重新回到日本帶給我很大的文化衝擊。逃到清淨的鎌倉是我的一種求生之道。我人生第一次上禪修課也是在鎌倉。我迫切需要一個安靜的空間集中精神和沉澱自己。就跟芬蘭的海咪一樣，日本的樹木也給了我能量。但說來不幸，由於我對這麼做的好處沒有很清楚的自覺，再加上我是環境的產物，所以我漸漸就被工作上癮的都會生活模式給同化了。

接下來，我在東京任職的廣告公司同意將我轉調到美國的總公司。我從東京飛到曼哈頓，在這裡，高樓大廈就象徵著成功，我們的公司被稱之爲血汗公司。除了中央公園的美景以外，我難得看到天空或土地。而中央公園在當時被認爲是一個很危險的地方，常有犯罪事件發生。紐約市還有另一個問題，就是高分貝的街道噪音、地鐵噪音和交通噪音。久而久之，這些噪音對健康的傷害眞的很大。二〇一七年的《國際環境研究與公共健康期刊》上就有一組研究人員發表論文道：「長期的噪音會導致精神壓力、情緒煩躁、心血管問題、睡眠障礙和工作表現變差。從高血壓、注意力不持久、記憶力受損、睡眠障礙、心肌梗塞機率提高、情緒煩躁到習得

② Lara S. Franco, Danielle F. Shanahan, Richard A. Fuller, "A Review of the Benefits of Nature Experiences: More Than Meets the Eye", *International Journal of Environmental Research and Public Health*, August 2017, https://www.ncbi.nlm.nih.gov/pmc/articles/PMC5580568/

無助感，噪音對身心雙方面都有影響，而我們可能對這些影響渾然不覺。」②

要經過許多年的歲月，再加上一趟芬蘭行，我才恍然大悟人是多麼需要大自然，或許正因爲人本自然。我發現，芬蘭是樹木與湖泊、平靜與安寧的世界之最，就連在都會區亦是如此。

近年來，英屬哥倫比亞大學的森林生態學教授蘇珊・希瑪爾（Suzanne Simard）及其團隊首開先河的研究工作，爲樹木的世界打開了一扇有趣的窗口。經過實驗，他們發現樹木透過地下的「菌根」相連，菌根連接樹根形成一大片「樹聯網」，這個有機網絡讓樹木可以彼此合作、互通養分和水分，甚至共享資訊和傳遞警訊。這片網絡藏在地下，而且運作速度只比人類的速度慢了那麼一點點，但時時都在地球各處運作不息③。

森林有中樞神經系統的科學觀點，也反映在希臘、北歐、瑪雅文明、愛爾蘭和日本民間故事中具有靈性、彼此合作、互相溝通的樹木身上。出身原住民族欽西安族（Tsimshian）、和希瑪爾一起研究樹聯網的加拿大森林生態學家泰瑞莎・雷恩（Sm'hayetsk Teresa Ryan）指出：「萬事萬物都是一體相連的，許多的原住民族都會告訴你森林裡所有物種彼此相連的故事，許多的故事中也都談到了地面之下的網絡。」④

在芬蘭史詩《卡勒瓦拉》當中，樹木與人類對話，為人類提供保護，受到人類攻擊時也會傷心難過。從科學角度而言，如果森林是個別樹木透過菌根相連而成的超級有機體，那麼芬蘭四處蔓延的杉樹林、松樹林和樺樹林就是物種勝利的輝煌例子。

一九八二年，在我的祖國日本誕生了「森林浴」（**shinrin-yoku**）一詞。日本也是一個森林大國，當時的林業廳長秋山智英創了「森林浴」的說法，藉此推動透過大自然療癒身心的保健活動，就像海水浴、日光浴和溫泉浴一樣。森林浴的意思不是在森林裡泡澡，而是在森林裡散步、放鬆、呼吸，欣賞大自然的聲音、氣味和感受。理論上，人在森林裡穿梭會有視覺、嗅覺、聽覺、觸覺和味覺的「五感體驗」。當時日本林業廳用的宣傳口號是：「漫步森林，沐浴綠意，一起讓身心恢復

---

③相關研究請參見 https://suzannesimard.com/research/
④ Ferris Jabr, "The Social Life of Forests", the *New York Times Magazine*, December 2, 2020.

元氣。」

事實證明這不只是一句口號，在科學期刊和醫學期刊上都有通過同儕審查的研究報告，指出森林浴、森林漫步、沉浸在森林裡和類似的自然活動對身心健康有著廣泛的益處。

在二〇一九年發表的兩項重要研究報告中，歐洲和中國的專家表示森林浴有多種互相強化的好處，因此能大大改善身心健康。他們的研究顯示森林浴可調節血壓、心率和內分泌活動，還能降低血糖、緩和憂鬱症、產生平靜感和安全感、減輕負面情緒和焦慮、降低壓力荷爾蒙「皮質醇」的指數、促進免疫系統的健康、改善心情和注意力、有助心理疲勞的恢復、改善心肺功能、緩解心理壓力和增進幸福感[5]。

李卿博士是森林浴相關研究的先鋒，帶領了一些最爲卓著的研究。身爲東京日本醫科大學附屬醫院的醫生和免疫學家，李卿被認爲是「森林醫學」這個新領域世界第一的專家。經由實驗，李博士及其團隊發現一段時間的森林浴不只明顯強化了細胞內的抗癌蛋白，也強化了有助人體對抗病毒和抑制腫瘤的自然殺手細胞，森林浴的效果在浴後可維持七天以上。文化心理學家瑪麗安妮．波葛席恩（Marianna

Pogosyan）指出：「促進這些療效的其中一種機制直接來自森林裡的空氣本身。芬多精是樹木和植物釋放出的一種揮發性有機化合物，作用是保護植物對抗害蟲。吸入森林裡的天然香氣對我們的生理功能有正面的影響。」⑥

身爲七十二%的國土都被林地覆蓋的歐洲國家，芬蘭就是一個森林浴的巨型浴缸，許多芬蘭人就在森林及其他綠地當中或近處生活、玩耍、走路和運動。這一點就說明了芬蘭人爲什麼在許多方面的表現都是世界頂尖，包括幸福和健康的全球排名在內。

森林浴或許是芬蘭人幸福又健康的一大祕訣，除此之外還有另一項全民運動，或許就跟森林浴的效果一樣強大。

---

⑤ Ye Wen, Qi Yan, Yangliu Pan, Xinren Gu, Yuanqiu Liu, "Medical Empirical Research on Forest Bathing (Shinrin-yoku): a Systematic Review", *Environmental Health and Preventive Medicine*, December 2019, https://pubmed.ncbi.nlm.nih.gov/31787069/; Marc Farrow, Kyle Washburn, "A Review of Field Experiments on the Effect of Forest Bathing on Anxiety and Heart Rate Variability," *Global Advances in Health and Medicine*, May 2019, https://www.ncbi.nlm.nih.gov/pmc/articles/PMC6540467/

⑥ Marianna Pogosyan, "How Nature Heals: the Benefits of Forest Bathing", *Psychology Today*, November 19, 2020, https://www.psychologytoday.com/us/blog/between-cultures/202011/how-nature-heals

7 蒸氣浴

「他們是一個整齊、乾淨的民族，人人都愛蒸氣浴。從古到今，愛做蒸氣浴都是他們顯著的民族特色。《卡勒瓦拉》字裡行間常常提及『熱騰騰的蒸氣浴的清潔作用和療效』。」

——一八八八年約翰．馬丁．卡瓦福德英譯版《卡勒瓦拉》序言

一天，威廉在體育場碰到一個同樣也住在約恩蘇的爸爸，這位爸爸帶著六歲的女兒在練特技體操。

這位爸爸名叫尤哈馬迪，本身就是體操教練，他和威廉一拍即合。到了後來，那年的天氣變冷、湖面結冰時，他邀我們一家人去約恩蘇的冬泳中心。約恩蘇冬泳

中心又名北極熊冰泳俱樂部。在那裡，尤哈馬迪介紹我們認識最經典、最傳統的芬蘭蒸氣浴——坐在熱騰騰的蒸氣室，再跑到結冰的湖面，從湖面上的洞跳下去，泡在冷冰冰的湖水裡，再爬上來衝回蒸氣室，如此反覆循環好幾次。

我們在約恩蘇租的公寓就有一小間電力蒸氣室可以享用，但這是截然不同的概念。反覆、迅速、輪流泡在冰水和熱騰騰的蒸氣室裡已經夠驚人、夠刺激的了，約恩蘇北極熊中心的蒸氣室還是很大的一座男女共用蒸氣室。

我們跟幾個陌生人面對面坐在一起，彼此只隔幾步的距離，他們多數都是沉默的芬蘭男士、女士和小孩，大家穿著泳衣，坐在攝氏八十度濃濃的蒸氣中飆汗，不時有人舀一勺水到燒燙燙的石頭上，製造更多蒸氣，接著再用樺樹枝（芬蘭人稱之為 vihta 或 vasta）拍打身體、刺激熱呼呼的皮膚。芬蘭的蒸氣浴令我想起日本的公共溫泉，家人和朋友會到山上的溫泉旅館，在大型的公共浴場泡湯、放鬆，浴場通常都是露天的。泡完湯之後，我們就會穿著浴衣（輕便隨性的和服），底下襯著著薄薄的坐墊，坐在榻榻米地板上，享用一頓豐盛的晚餐。就像芬蘭的蒸氣浴，溫泉浴也是一種放鬆、淨化身心和恢復青春活力的社交活動。

芬蘭是蒸氣浴大國——小小的國家就占了全球整整一半的蒸氣室銷量，全國每個家庭平均都有一間蒸氣室。

一九六〇年代，有許多芬蘭寶寶都是在蒸氣室裡出生，因爲蒸氣室在芬蘭人心目中是一個健康又衛生的地方。時至今日，許多芬蘭的孩子從四、五個月大開始就漸漸融入做蒸氣浴的生活。芬蘭人會教孩子們「在蒸氣室就要像上教堂一樣守規矩」（**saunassa pitaa olla kuin kirkossa**），要是在蒸氣室裡不乖的話，蒸氣精靈（**saunatontu**）就會把蒸氣室燒燬。對大人來講，所謂的規矩通常包括不在蒸氣室裡吃東西和不聊有爭議性的話題。

多數芬蘭人一週至少會做一次蒸氣浴，而且蒸氣室往往是談生意、社交和家庭活動的場合。對我個人而言，坐在蒸氣室裡的效果就像靜坐一樣。蒸氣浴帶給我當下的平靜、放鬆和滿足，也讓我的思緒沉澱下來。做完蒸氣浴之後，那種身心舒暢的美妙感覺還會持續一小時或更久。我看得出來芬蘭人爲什麼這麼愛做蒸氣浴。此外，蒸氣室也是一個把社會變平等的地方。無論赤身裸體或裹著浴巾，蒸氣室裡人人平等，沒有衣著或珠寶分散你和朋友聊天或跟陌生人一起放空的注意力。

以芬蘭爲根據地的作家赫艾・赫曼寫道：「蒸氣室之所以成爲一個社交場所，不只因爲大家一起做蒸氣浴的共同經驗，也因爲做完蒸氣浴之後的歡聚。親朋好友坐在一起共享佳餚，其樂融融。」①芬蘭出生、活躍於溫哥華的設計師佩托拉・科克森儂（**Petra Kaksonen**）則寫道：「說到芬蘭夏天的傳統活動，最經典的非深夜蒸氣浴莫屬——先在蒸氣室待幾小時，三更半夜再到湖裡裸泳，然後生個露天營火烤香腸（**makkara**），大家靜靜坐在一起，一邊沉思人生的意義（在芬蘭沒有閒聊的必要），一邊力戰蚊子大軍。」②

蒸氣室可以當成一個放鬆、私密的場所，用來談生意或談敏感的政治話題，或用來思考人生的重大決定。久居芬蘭國家元首之位的烏霍・凱科寧（**Urho Kekkonen**）當了整整二十六年的總統，直到一九八二年卸任爲止，他曾說：「在

---

① Haarmann, *Modern Finland*, p. 97.

② Petra Kaskonen, "Chasing Quiet Charm of a Finnish Summer: Scand navian Country is a Place Where Silence is Celebrated", *National Post*, January 28, 2016, https://nationalpost.com/travel/chasing-quiet-charm-of-a-finnish-summer-finland-is-a-place-where-simplicity-and-silence-are-celebrated

蒸氣室，我的身體得到放鬆，腦力則受到激發。平靜的氣氛創造和諧。對我來講，人生是不可能沒有蒸氣浴的。」③對許多芬蘭人而言也一樣。在芬蘭蓋新房子，傳統的做法是主屋在蓋的時候，一家人先住在用來做蒸氣浴的小木屋裡。

一位名叫桑娜的芬蘭朋友告訴我，婚前單身派對或「準新娘蒸氣浴」是很重要的習俗。她解釋道，準新娘和她的伴娘團要一起去做蒸氣浴，大家要給準新娘婚姻和感情上的忠告，甚至教她馭夫術。汗涔涔的準新娘要穿著未來夫婿的T恤，讓她的女性朋友們用樺樹枝打她的背，提醒她婚姻這條路可不是一帆風順，告誡她「每天睡前一定要來一個晚安吻」或「要讓他有當家作主的感覺，即使妳才是幕後的老大」之類的。新娘要在蒸氣室裡喊著眾前任的名字跑一圈，驅走他們的靈魂。做完蒸氣浴後，再用蛋液幫準新娘洗頭，象徵早生貴子。

在約恩蘇，帶我們去體驗蒸氣浴的東道主尤哈馬迪說：「做蒸氣浴是對健康最有益的活動之一。」他說得很有道理。芬蘭有句老話說「蒸氣室就是窮人的藥局」（sauna on köyhän apteekki），這句話是有科學根據的。近來的研究顯示，做蒸氣浴可降低高血壓、中風、認知功能障礙、肺病、老年痴呆的風險和心血管疾病的死亡率及總死亡率④。

典型的芬蘭蒸氣室是一棟小木屋，蓋在湖畔、河濱或海灣邊緣，和避暑小屋或度假小屋相距幾公尺。住宅大樓裡的公設可能就有共用的蒸氣室，幸運的話，說不定你住的那一戶就設有私人蒸氣室，不是用明火，而是用高效電暖器加熱。

蒸氣室裡有更衣區、淋浴區和一個用來做蒸氣浴的房間，房間裡有長椅可坐，通常分上下兩層，貼著牆壁內側，另外還有一個加熱的裝置，例如柴燒爐（**kiuas**）或熱石爐（**kiuaskivet**），把一勺勺的水澆下去就會製造出蒸氣（**löyly**），坐得離水桶（**kiulu**）最近的人負責澆水。男女分開或家庭式的蒸氣浴通常是裸浴，但在公共的蒸氣室，你要圍浴巾或穿泳衣都是可以的。

---

③ *Innovation from Finland*, Finnish government publication, 2017, https://finlandabroad.fi/documents/4248263/0/100_Innovation_from_Finland+English+version.pdf/7579ed33-5aa8-e21c-ef56-14b94da1b8d2?t=1574776245356

④ Jari Laukkanen, Tanjaniina Laukkanen, Setor Kunutsor, "Cardiovascular and Other Health Benefits of Sauna Bathing: A Review of the Evidence," *Mayo Clinic Proceedings*, August 2018, https://pubmed.ncbi.nlm.nih.gov/30077204/

內部的室溫通常從攝氏六十五度到九十度不等，一般習慣在蒸氣室裡坐十五到二十分鐘，出一身的汗，然後到淋浴區沖冷水或跳進湖裡、河裡或海裡，如此反覆循環，一整輪的蒸氣浴約九十分鐘左右。根據芬蘭出生的北美蒸氣浴協會（North American Sauna Society）創辦人卡列維・盧斯卡（Kalevi Ruuska）：「蒸氣室的高溫和驟然的冷卻刺激人體大量分泌腦內啡之類的荷爾蒙，浴後你就會覺得舒暢又愉快。溫度的落差越大，效果也會越強。」他補充道：「任何一個芬蘭人都會告訴你，在自家的私人蒸氣室體驗快樂似神仙的感受是日常生活不可或缺的一部分。」

* * *

卡蒂亞的朋友桑娜帶著滿滿一籃常綠樹的樹枝現身，她把籃子放在我們面前，說是她父親一早去幫我們採的。

卡蒂亞和我在深褐色的小木屋旁，迎著夏日的涼風放鬆休息，俯瞰著科伊泰雷湖（Lake Koitere）的美景，也欣賞著露台上粉紅色的天竺葵和橘色的旱金蓮。

桑娜去拿了一個水桶和一壺熱水回來。她把樹枝換到水桶裡，再把熱水倒進去。這是非正式的「芳療spa」DIY活動的序曲，由桑娜在她家的小木屋為我們服務。她本來任職於約恩蘇的卡累利阿應用科學大學，後來跟姊姊一起創業，開了一家無麩質烘焙坊。

我們從後院摘了幾大把粉紫色的柳蘭花（Chamaenerion angustifolium），放進裝滿熱水的水桶裡，再把水桶拎到蒸氣室，桑娜已將一捆捆的樺樹枝泡在另一桶水裡了。

蒸氣室是用質樸的深褐色/黑色木頭蓋的，有一扇小小的窗戶，看得到花園和湖面，窗戶的下半部用白色的蕾絲窗簾遮住，窗簾上有卡累利阿傳統風格的花鳥圖。上下兩層的長椅靠著後面的牆壁，我們坐在上層，雙腳泡在熱呼呼的柳蘭水裡，緊繃的感覺從腳趾和腳底釋放出去，我感覺全身都漸漸放鬆下來。

桑娜拿起泡水的樺樹枝，朝蒸氣室一角的石堆甩了甩，屋裡頓時熱氣蒸騰。她分給我們一人一枝，我們用樺樹枝拍打後背、手臂和雙腿，邊拍邊樂得咯咯笑。

卡蒂亞伸手去拿長柄勺，從蒸氣浴專用的木桶裡舀水——長柄勺和木桶都是蒸氣室的標準配備。她把水倒在燒燙燙的石頭上，石頭頓時嘶嘶響，屋裡又充滿更多蒸氣，空氣也更熱了。熱氣撲在我的皮膚上，身心都一陣舒暢。這種感覺讓我想起日式的溫泉浴。我熱得情不自禁深吸了幾口氣，聞到了潮濕空氣中樺樹、松樹和柳蘭花的香氣，還有蒸氣室的木頭香。蒸氣散去後，溫度也跟著下降，我學卡蒂亞舀了滿滿一勺水，淋到燒燙燙的石頭上，讓熱度延續下去。

毛孔一旦張開了，我就學兩位浴友的做法，把黑黑的泥炭土抹到臉上和全身——這是桑娜的「spa療程」的重頭戲。這種從附近沼澤挖來的天然面膜兼潤膚乳液很令我著迷。《大英百科全書》說泥炭是「一種燃料，成分是有機物質部分分解後形成的濕軟物質，主要是由樹沼、厚苔沼、酸沼、鹼沼、高沼等濕地的植物分解而成」。作爲一種燃料來源，一般認爲燃燒過的泥炭土很不環保，但作爲spa療程的材料，泥炭土卻是清爽、提神又回春。而且，研究人員證實泥炭土有抗過敏、殺菌、抗發炎和抗病毒的功效。

我們渾身黑泥靜靜坐著，在熱騰騰的空氣中飆汗，感覺身體和心靈的壓力與緊繃都慢慢釋放出去。時間彷彿是靜止的。這是靜坐冥想一般的淨化儀式。時不時，我們三人之一就會澆點水到石頭上，維持空氣中的熱度。滾滾的蒸氣充滿整個房間。等到渾身都熱透了，我們就走出去，滑進湖水裡。沁涼的冷水令人精神爲之一振。

我把頭沒入水中。就像走在濃密的森林裡一樣，我再次與大自然合而爲一。我們在薄暮中游泳、漂浮。水面平靜無波。放眼望去，除了我們以外，湖中就沒有別人。藍粉相間的光芒點亮西邊的天空。

我們的晚餐是富含 Omega-3 脂肪酸的鮭魚沙拉，裡頭加了從院子現採的綠葉蔬菜和香草植物。除了沙拉，還有自製自烤的鹹派，配上白醋栗酒，飯後甜點則是門廊上的新鮮莓果。粉橘色的暮色籠罩了大半個夏日傍晚的天空，我們的臉在夕陽下容光煥發。

我們享用的一切都來自小屋周遭純天然的環境——後院、湖泊、小河、森林和附近的沼澤。

我不禁納悶：芬蘭人上超市要買什麼呢？我想了一會兒，只想得到「衛生紙」這個答案。

8 卡累利阿風情畫

當日與夜更明亮，當冷杉像日光般發亮、樺樹像月光般泛著微光，森林裡、幽谷中、高地上處處可聞蜂蜜香，草地邊緣點綴著香料植物，石油從低地傾瀉而出。

——《卡勒瓦拉》

卡蒂亞的朋友珍妮是馬大協會的全國領袖，生於赫爾辛基的她曾在芬蘭的邊境村落伊洛曼齊（Ilomantsi）擔任企管顧問，後來轉行當起酪農來了。時序從夏末來到初秋，卡蒂亞和珍妮帶我深入卡累利阿。

我們在靜悄悄的山林中徒步前進，一路採集蘑菇、莓果和香草，也在各個村莊

或小鎮邂逅當地的馬大人，享受她們的陪伴。

我們的行程表上是一連串托爾金奇幻風的地名，我的嚮導告訴我：「一早先開車到凱賽拉赫蒂（Kesälahti），我們從那裡帶妳進入第一片森林。午餐就在凱賽拉赫蒂享用，或許在索芬朵拉之家（Sovintola）的花園用餐。午餐過後，我們要去洛津（Ruokkee）的另一座森林。接下來，我們會沿著一條美麗的山路開車到蓬卡哈爾尤旅館（Hotelli Punkaharju）吃晚餐。從蓬卡哈爾尤到薩翁林納（Savonlinna）有很長的一段路要走。最後我們會經由凱里邁基（Kerimäki）、維亞萊拉（Villala）和普霍斯（Puhos）帶妳回約恩蘇的家，途中會經過世界上最大的木造教堂，所以或許我們也會暫停一下。」

一路上，和緩的高地和山丘隨著每一次轉彎在地平線上浮現，我每每看得歎爲觀止。這裡沒有崇山峻嶺或壯闊的峽灣，但看到一座座小巧的山丘隱約從這裡那裡冒出頭來，感覺一樣令人興奮。

《紐約時報》上的一篇文章以唯美的字句描述了這附近某一區的景色：「庫奧皮奧（Kuopio）幾乎融入一大片濃密的常綠森林之中，淺綠色的麥田襯著忽隱忽現的赭紅色農舍和底下深藍色的卡拉韋西湖（Kallavesi Lake），遠方還有顏色更深的湖泊，湖中無不點綴著一簇簇翡翠綠的小島，這些島嶼甚至比周遭的天然景觀更原始。」①根據澳洲記者麥特．波頓（Matt Bolton）：「芬蘭或許沒有她的表姊挪威和表妹冰島那般壯觀的自然景色，但無窮無盡的森林和湖泊穿插相連，向遠方綿延出去，有著鏡廳般的催眠效果，令人心生一股澎湃的熱情，望之難以抗拒。」②我完全懂他的意思。

---

① Leslie Li, "A Land of a Thousand Lakes", *New York Times*, April 16, 1989, https ://www.nytimes.com/1989/04/16/travel/a-land-of-a-thousand-lakes.html

② Matt Bolton, "Finland' s Favorite Fruit", News.com.au, July 19, 2012, https://www.news.com.au/tablet/finlands-favourite-fruit/news-story/d4b114fd5b6daef055732f1088d3132

9 蘑菇女王

而後樹木開始生長，
纖細的幼苗伸展出去；
松樹展開茂密的枝椏，
杉樹頂著花冠。
白樺樹拔地而起，
赤楊從鬆軟的土壤中竄出；
泥塘裡的野櫻開著花，
掛著串串豐碩的果實；
在貧瘠的土地上，
杜松子也結出一簇簇美麗的莓果。

——《卡勒瓦拉》

「來吧，摘啊！」蘑菇女王拜依維說。

「我不敢。」我囁嚅地說。

她指著地上一朵鶴立雞群的蘑菇。在一地的松針和樹枝之間，這朵孤伶伶的蘑菇以一根粗壯的米色菇柄，頂著直徑兩吋的碟型褐色菇傘。

畫面這麼完美，我深怕把蘑菇跟大地分開時，不小心破壞了這幅完美的畫面。我跟著採菇大師拜依維和其他幾位馬大人，穿梭在一片濃密的森林裡。苔蘚和落葉鋪成高低不平、又鬆又軟的天然地毯，我的靴子踩在上面，發出沙沙的聲響，我的膝蓋、腿部和背部溫和地活動著筋骨。

一小時前，在我們出發採菇之前，拜依維在停車場打開她的後車廂，拿出一些自製的蘑菇餅乾和一壺甘醇味美的白樺茸茶來享用。白樺茸茶嚐起來帶有香草和堅果的味道。白樺茸（Inonotus obliquus）俗稱樺樹菇，側長在白樺樹幹上，外觀看起來黑黑一坨，剖開來則是金褐色的。數世紀以來，在芬蘭、俄國和其他地方都被用作傳統藥材。如今，白樺茸可以煮成茶來喝，在湯品或蔬果昔裡也可以加入白樺茸粉或白樺茸液。研究人員發現，這種菇類還眞的有健康上的益處，包括抗氧化、抗癌、抗病毒、抗發炎和促進免疫系統機能。

在茶與餅乾的菇菇力補給之下，我們出發向森林挺進。森林裡沒有人走過的路或文明的痕跡，只有在平緩的山坡上朝四面八方蔓延的樺樹、松樹和杉樹。我在這片廣闊又茂密的神奇地景上放眼望去，只見岩石上長了層層疊疊的鮮綠色苔蘚和灰白色的鹿蕊❶，一棵棵迷你的小樹大概只有三十公分高，地上遍布著掉落的枝椏與樹葉，也長著各種蕨類植物、低矮的莓果灌木叢、野花和野草，還有一座蟻丘。白色的樺樹幹和深褐色的松樹幹氣勢雄偉、直上雲霄，幾棵倒下來的樹幹壓在彼此身上。閃爍的陽光透過枝葉和樹幹篩下來，在森林裡投下一道道歪斜的光影。

我吸著潮濕的松樹散發出的濃郁香氣，聽著微風與樺樹葉的輕聲交談，感覺我的呼吸與大自然同步脈動。我的身心靈完全與周遭融為一體，身體與靈魂洋溢著深深的幸福。那是一種前所未有的神奇感受，我從來不知道有這種感覺的存在，也從來不知道人竟然有可能如此幸福。

❶ reindeer lichen，又名馴鹿地衣，是馴鹿最愛吃的一種苔蘚。

在卡累利阿的森林待了一段時間之後，我越來越覺得小時候看的童話書不是童話，而是眞實的。正如同來自澳洲雪梨的一名女性遊客阿莉・諾貝爾所言：「踏進芬蘭的森林，就像一腳踏進童話世界，腳下是綠油油、軟綿綿的地衣，紅蘑菇長得又大又紅，樹木生得又高又綠，如果突然蹦出一隻仙子來，你也不會訝異。」①在這片濃密的魔幻森林裡，如果碰到了一群小精靈，我眞的一點兒也不會訝異。如果沒有精靈的存在，我才覺得奇怪呢！就算我看不見祂們，祂們一定也在哪裡守護著我們。

第一次親眼在芬蘭森林裡發現一朵蘑菇是永生難忘的經驗，至少我是永遠也不會忘記。有時候，它們在山坡上一大片成群結隊地出現。有時候，它們從樹腳下浮誇地冒出來，一身奇幻的色彩出盡了風頭。也有時候，它們一枝獨秀，猶如一尊莊嚴的雕像，就像眼前這一朵。

我跪下來端詳蘑菇女王拜依維發現的這朵蘑菇。這一朵可是美味的戰利品「牛肝菌菇」（**Boletus edulis**），義大利人尤愛它的香氣、綿密的質地和獨特的土味。如同多數的菇類，牛肝菌菇也是自然界的奇蹟，它爲涵蓋所有菇類的「眞菌」一詞賦予了至高無上的榮耀。小小一朵不到三吋（約七～八公分）高，看起來卻很有架勢。這朵牛肝菌菇昂然挺立，彷彿在說：「我在這裡！」我只能癡癡望著它美麗的姿態。

它的形狀優美，又有氣宇軒昂的王者風範。它是人自然的鬼斧神工之作，我碰都不敢碰，更別說把它從地上拔起來了。

拜依維好意說道：「我來示範給妳看。」

遵照她的指示，我把手指伸進土裡，摸到菇柄的底部，輕輕將它拔了起來。我用一頭有刷子的採菇刀，小心翼翼地削掉沾了泥土的底部，只削必須削掉的部分，不多削任何一丁點。接著我垂直下刀，將它切成兩半，端詳它乾淨潔白的內裡。沒有蛀蟲或咬痕。多美啊！我把切成兩半的菇菇放進籃子裡，就像把一個新生兒放進搖籃裡。

---

① Ali Noble, *Sydney Morning Herald*, "On the Road", April 23, 2005, https://www.smh.com.au/opinion/on-the-road-20050423-gdl6b2.html

我們走進森林更深處，朝一片山坡走去。這裡沒有路，只是偶有幾塊較爲平整的地面，從岩石和掉落的樹枝之間彎彎曲曲地穿過去。拜依維指著幾步之外的一朵蘑菇，保護色將它僞裝起來融入周遭，我很訝異這樣她也看得到。拜依維解說道：不同的菇類喜歡不同的樹種，舉例而言，橘黃色的雞油菇（Cantharellus）喜歡樺樹林，相形之下，牛肝菌菇喜歡的是杉樹林和松樹林。她走上前去，摘下那朵菇帽寬約一吋（約三公分）的紅褐色小蘑菇。

她用採菇刀俐落地削掉沾了土的底部，丟掉削除的部分，再用刀柄另一頭的刷子把菇傘上的泥土和植物斑點刷乾淨。仔細端詳一番之後，她宣布道：「這是香乳菇（Lactarius camphoratus）。」語畢，她劃開菌褶，切口冒出一點一點的白色汁液。

「看，乳汁。」拜依維說。我知道這種珍貴的蘑菇。我的另一位芬蘭朋友阿努在赫爾辛基當廚師，她本身也是一位美食作家、食物造型師和食譜設計師。阿努跟我說過，只要在咖哩當中加一點乾燥香乳菇，就能爲這道菜增添不可思議的風味。

拜依維把那朵香乳菇放進她的籃子裡。我注意到地面上還有更多的菇菇，於是摘了一朵問道：「這也是香乳菇嗎？」拜依維說：「是的。」萬歲！這下子我多少能猜到自己發現的是哪種蘑菇了。野外採食的第一法則，就是只摘、只吃你百分之百確定是什麼的東西，否則搞不好就中毒了。這就是爲什麼我不打算一個人到野外採菇。

拜依維停下腳步，摘了一朵灰綠色、傘緣有皺摺的中型蘑菇，她說：「這是紅菇屬的黃斑綠菇（Russula crustosa），很好吃唷！」她把它清乾淨，放進籃子裡。我心想：我永遠也猜不到這種蘑菇很好吃，因爲它的顏色看起來就像發霉一樣。綠菇大人，失敬失敬！

拜依維快步在林中穿梭，專門鎖定「好的」蘑菇。我摘了兩朵看起來很不錯的，跟上她的腳步問道：「這兩朵怎麼樣？」她只瞄了一眼就說：「不行。不好。」我一聽趕緊丟掉。拜依維補充道：「這兩種沒有毒，只是不好吃，所以我們不吃。」

她又摘了一朵，說：「這種是乳菇。」我問：「不是香乳菇，就是一般的乳菇？」「對。」她把它清乾淨，放進籃子裡的一個小紙袋中。她要把這種乳菇跟別種的分開，因爲這種的要先用滾水燙十分鐘去除酸味。

我在長了青苔的石頭旁邊發現更多藏在蕨類和樹葉底下的香乳菇。我拿給拜依維看，她點點頭，我再把這些菇菇清乾淨，放進籃子裡。我很得意自己越來越上手了，儘管我還是需要專家幫忙認證。我拔起一朵蘑菇問道：「這種是乳菇嗎？」拜依維答道：「是，但這朵不好。」接著，她又補充道：「太小朵了。」我複述道：「太小朵了……好吧。」我困惑不解地把它丟掉。

有些菇類小朵一點比較好，因爲小朵的味道比較濃郁，例如雞油菇。我又摘了兩朵問道：「這些好不好？」拜依維眼睛一亮，指著深褐色的那朵興奮地說：「另一朵不好，但這朵非常棒！這是褐褶緣黑乳菇（Lactarius lignyotus）。」小小一朵，直徑只有〇．七五吋（約兩公分），很深的深褐色，白色菌褶，又長又細的深褐色菇柄。我又看到更多同一種的菇菇，便摘了起來，確認道：「這些好不好？」拜依維說：「很好。」我又問：「那這一朵呢？」拜依維說：「很好、很好，這些都非常好。這幾朵也是乳菇，但直接就可以下鍋了。」這些不用像一般的乳菇那樣先燙過。我喃喃自語道：「你永遠猜不到哪一朵是好的。」

她往前走幾步，彎身摘下另一朵蘑菇：「這種也是紅菇屬的蘑菇。」她把菇柄底部削掉，看了看切口說：「這朵非常好。瞧，沒有蟲。」她垂直對半切開菇柄和菇傘。沒錯，我看出來了，整顆乾乾淨淨，很美的一朵蘑菇。她笑著說：「這一朵就給妳吃囉！」

拜依維舉起一朵灰紫色帽傘、直徑約兩吋（約五公分）的蘑菇說：「這是北方乳菇（Lactarius trivialis）。」北方乳菇看起來很美，很有異國情調。拜依維補充道：「這種得煮個五分鐘去除酸味。」

拜依維摘了一朵紅色帽傘的蘑菇，把傘柄清乾淨，剝除薄薄的一層紅皮，切下一小塊潔白的菇肉遞給我。她也切了一塊丟進自己嘴裡。我把我那塊放進嘴裡，嚐了一口馬上吐掉：「怎麼那麼嗆！」我們雙雙笑了出來。

不久，我們就發現了一些中小型的雞油菇，這是森林的另一件珍寶。拜依維消失在樹林裡，帶著菇傘扭曲變形的乳白色蘑菇重新現身，興高采烈地宣告她的勝利：「這些是卷緣齒菌（Hydnum repandum），俗稱木刺蝟蘑菇（wood hedgehog）或刺蝟蘑菇（hedgehog mushroom），我要找的就是這種蘑菇！」

我們帶著滿籃來自森林的寶藏前往索芬朵拉之家。索芬朵拉之家是一個藝文活動中心，裡頭有一整間完整的鄉村風廚房可供我們使用。我們先將採來的蘑菇分類，放在戶外露台的大桌上，拜依維帶我們認識每個品種的特徵。

她把這些菇菇拿到廚房，洗洗切切一番，接著用炒鍋和奶油炒了其中的幾種。我越過她的肩頭看她怎麼料理，她說：「清炒是最棒的方式了。」整間廚房都瀰漫著奶油炒蘑菇的香氣，我的鼻腔和嘴巴也吸滿了炒菇香。菇肉變成金褐色，邊緣變得脆脆的。爲免炒過頭，拜依維用兩根叉子把每一片蘑菇翻來翻去。接著就是午餐時間了。

首先，我們品嚐了兩小時前才摘的現炒蘑菇。我的心撲通撲通地狂跳。我用叉子叉了一片起來，小心翼翼地送進嘴裡，品嚐清炒菇片的味道、口感、香氣和種種細微的差異。我嚐到了大地、雨水、乾松針和濕苔蘚的味道。最重要的是，我嚐到了大自然的愛。大家靜靜品嚐，不必多說一句話。

接下來，採菇大廚拜依維獻上撒了乾燥牛肝菌菇切片的牛肝菌濃湯。好喝極了！濃湯之後是抹了雲杉芽青醬[2]的烤全麥吐司，再來是一塊塊的麵包乳酪

（Leipäjuusto，也就是在美國被稱之爲「芬蘭咯吱乳酪」的半軟質乳酪）佐雞油菇醬，這種組合聽起來可能很奇怪，但搭起來超級美味！甜點的部分，拜依維端出越橘莓胡蘿蔔卡累利阿派和雞油菇餅乾，爲我們的菇菇大餐劃下完美的句點——除了乳酪之外，這一餐全都是自製的！

世界各地多半都仰賴過度加工和過度工業化的食品，然而，在北卡累利阿這裡，馬大人卻保留了芬蘭的偉大傳統，繼續過著從野外直送餐桌的飲食生活，日復一日受惠於人與自然的關係。

我們懷著既感恩又驕傲的心情，望著大自然豐盛的贈禮。

這是我人生中最「野生」的一餐了。

作爲臨別的贈禮，拜依維送我一瓶自製的白樺茸精華液，還貼心地教我每天倒一小匙來喝。

❷雲杉芽（spruce tips）是採自雲杉葉尖的嫩葉，相關料理可參見《新北歐廚房：看得見的自然美味》一書。

10 野生草本植物

在一個美好的夏末早晨，我參加了卡瓦納魯羅自然保留區（Kolvananuuro Nature Reserve）的一日遊。這片荒野保護區位在康提奧拉赫蒂自治市（Kontiolahden kunta）的艾諾（Eno）山區，爲我帶路的是馬伊雅和卡奧琳娜這兩位馬大人，她們熱愛野生食材，一心想將自己的知識傳授出去。我們一到保留區，都還沒離開停車場呢，她們就指著各種植物，爲我詳細介紹起來了。

往森林裡走個幾步，馬伊雅就彎下身去，拾起一朵超迷你的乳白色蘑菇，菇傘直徑還不到〇．三吋。她把上頭的碎土刷掉，露出連在細長菇柄底部的一小根松針，解釋道：「一根松針長出一朵蘑菇，這就是爲什麼這裡有這麼多蘑菇。」我低頭一看地面，第一次注意到遍地掉落的松針綴滿了乳白色的菇寶寶。

卡瓦納魯羅峽谷是迷你版的美國大峽谷，也是芬蘭很罕見的一個地理特徵，二五〇英尺（約七十六公尺）高、樹木叢生的懸崖斜切到下方蜿蜒的溪流中。這座峽谷是二十億年前卡雷利德斯山脈（Karelides Mountains）的遺跡。就像阿爾卑斯山脈，卡雷利德斯山脈由多座山峰組成，大部分都在冰河時期的侵蝕之下磨平了。冰雪融化之後，雪水沖掉崖壁上的沙土，歷經九千年的沖刷，形成了一塊三角洲。這裡有各種登山步道，你可以按照個人偏好的難易度、距離長短和時間長短選擇路徑。我們選了一條相對平緩好走的路徑，單程一・三英里（約兩公里），目的地是一處公共營地，一路上都有清楚的標示，適合闔家同遊。

在這條悠閒漫步的路徑上，我們看到了各式各樣的植被，從蔭涼的松樹、杉樹、檜樹、樺樹、赤楊和白楊原生林，到樹沼和酸沼，再到一塊塊亂石嶙峋、草木不生的貧瘠土地，還經過一個點綴著朵朵睡蓮的池塘。

在一片搖曳生姿的大型蕨類植物之間走了幾分鐘後，我聽到溪水沿著綠草如茵的山坡潺潺流下的聲音。馬伊雅說：「這是可以喝的山泉水。」卡奧琳娜在溪邊彎下身，捧起一把溪水來喝，我也有樣學樣。

不久，我們來到鋪設在沼澤地上的木棧道。馬伊雅和卡奧琳娜指著沼澤裡鮮橘色的莓果，驚呼道：「是雲莓（Rubus chamaemorus）！」她們抓了一把珍貴又營養的雲莓遞給我，我丟進嘴裡嚼了起來，酸酸甜甜的汁液在我嘴裡迸開，我的牙齒喀嗤喀嗤地咬著富含Omega-6脂肪酸、Omega-3脂肪酸、維生素E、維生素A和植物固醇的雲莓籽——這些都是有益健康的營養素。

這些點綴在濕地上的橙黃色莓果看起來鮮豔欲滴，我在市民廣場農夫市集看過塑膠包裝的雲莓，跟這些差遠了。我學到鮮橘色的雲莓還沒熟，當整顆果子都變成均勻的粉橘色、保護果子的萼片葉面朝下時，這顆莓果才算成熟了。

來到位於折返點的公共營地時，我問兩位馬大人爲什麼她們愛往森林跑。卡奧琳娜說：「爲了降血壓。爲了好心情。爲了呼吸新鮮空氣。爲了跟親朋好友一起坐在露天營火前。」她笑了笑，指著圍坐在露天營火前烤香腸的一家人和三隻狗，補充道：「我愛在森林裡採集莓果，也愛在森林裡發掘其他可以吃的東西。」

追隨兩位馬大人在野外覓食時，我也感受到了一樣的樂趣與滿足。那就像是從自己身上發現了原始的生存技能，我從來不知道自己有這種潛力，也很樂於勤加練習。那是一種靜下心來的體會，也是一種對於食物來自大自然而非商店裡的體認。

卡奧琳娜又說：「我到森林裡多半是爲了享受一段放鬆的時光。」馬伊雅則補充道：「人在森林裡五感全開，你更深刻、更有力地看到、聞到、嚐到、聽到和摸到一切。壓力大的時候，森林是最好的去處，對你的大腦非常好！」她繼續說：「我們的歷史深植在森林裡。都會生活的歷史並不長。森林是我們的靈魂之所在，又尤其是我的靈魂之所在。」

我問：「妳是不是覺得這裡就是家？這個地方是妳眞正的歸宿？」

馬伊雅答道：「大自然是我的教堂。沒錯。這裡是我們的聖殿。」

那天晚上回到家，我按照馬伊雅和卡奧琳娜教我的，洗了幾片石生懸鉤子（Rubus saxatilis）的葉子，再把洗淨的葉片浸泡在熱水裡。石生懸鉤子是我們那天在一片野草地上摘來的野生可食植物。最後，我在安靜的廚房裡，朦朧的燈光下，啜飲著新鮮現泡的草本茶，感覺溫暖又平靜。

很快的，我就準備睡上一個安穩的長覺囉！

11 採莓之樂

我站在一座小菜園的邊緣，看著一地柔軟的黑色沃土。

這裡是約恩蘇北邊三十四英里（約五十五公里）處的基納莫（Kinahmo），我爲了參加森林裡的大師級採莓課，來這座村子拜訪一位名叫拜依維的馬大協會野外覓食大師。拜依維是東芬蘭大學的職員，她在這座菜園裡爲自己的家人種菜、種莓果，附近還有幾隻乳牛悠哉地在吃草。

我的新朋友卡蒂亞消失在很高的一叢蔬菜後方，重新出現時拿了一把鮮嫩的豌豆給我嚐嚐。我嚼著又嫩又脆的豌豆，清甜的味道在我口中迸開。

我沿著菜園走了一圈，發現一棵長得很茂密的覆盆莓，成熟的果實掛在枝條上，我輕輕地拔了一顆下來。啵！我嘴裡滿是覆盆莓的汁液。

拜依維的嫂嫂萊莉也是馬大人，她倆帶卡蒂亞和我到附近的森林去採莓果。我們在鄉間的景色中行駛了幾分鐘，拜依維就把車子轉上一條穿過森林的泥土路。我們一下車，拜依維和萊莉彷彿被催眠一般，直接朝濃密的森林邁進——沒有路，沒有步道，也沒有指標。她們一頭鑽進低矮的樹叢裡，用手持採莓勺採起莓果來了。

我跟著她們鑽進森林，四下看了看，到處都是莓果！我彎身摘了幾顆，直接丟進嘴裡。

鮮甜又濃郁，眞是天上才有的美味！

接下來，我也用採莓勺一口氣採更多的莓果。手持採莓勺是一個小型的容器，前端的開口有方便採莓果的耙子，上方則有方便手拿的握柄。拜依維過來教我說：「像這樣用左手抓住枝條的底部，然後像這樣用採莓勺把莓果舀起來。」她邊說邊示範。我們很快就把這一區搜刮完畢。拜依維大步邁向另一區，去採更多的莓果。

我舀起一些莓果，前進幾步，再舀起一些莓果，再前進幾步，又舀起一些莓果。我心想：好玩好玩！我可以玩一整天！

我跟這些莓果打成一片，也跟採莓勺融爲一體了。

「第一把送進嘴裡，第二把送進籃子裡；這一把送進嘴裡，下一把送進籃子裡。」我的朋友阿努教過我，我就按照她教的節奏採啊採。

耳邊只聽見防水褲擦過低矮的莓果叢，發出窸窸窣窣的摩擦聲，登山靴踩在苔蘚、蕨類、落葉和樹枝覆蓋的鬆軟地面上，發出沙沙的腳步聲。緩緩走在這片奢華的自然之毯上，我細細體會著雙腳、雙腿和後背傳來的感覺，腦子裡什麼也不想，只想著一勺一勺舀起莓果來。

我感覺多年都會生活累積的緊繃和壓力漸漸化開，頭部、肩膀、肌肉和精神都放鬆下來。我挺直背脊。放眼所及，這片濃密的森林裡除了我們就沒有別人。隔著幾碼的距離，我看到卡蒂亞和拜依維在這片彷彿沒有盡頭的闃寂森林裡，安靜無聲、全神貫注地舀起一勺勺莓果。我看不到萊莉，她不知消失在森林的哪個角落裡了。

不一會兒，採莓勺就都裝滿了。我們把混進了一些葉子和松針的莓果從採莓勺倒進採集籃裡。我看著豐饒的自然恩賜，覺得感激，也覺得讚歎。在我看來，到森林裡採莓果對身、心、靈的健康有著三重的好處。莓果富含營養素，食用莓果可降低罹患癌症及其他疾病的風險①。

回到拜依維家，三位馬大人爲我示範如何萃取莓果汁、烹煮山桑子湯和熬製越橘莓粥。拜依維用來萃取莓果汁的工具是一個多層蒸煮鍋，鍋子連了一根管子，果汁就從管子裡流出來。她給我看了一些她趁冬天之前把果汁做好的照片，畫面中滿是一籃、一籃又一籃她採來的野生莓果，還有一瓶、一瓶又一瓶用蒸煮法萃取的新鮮果汁，熱騰騰的鮮萃果汁在流理台上放涼。我目瞪口呆地說：「這已經不只是嗜好，而是一座小型果汁廠了！」拜依維拿出一大瓶裝滿果汁的玻璃瓶，將紅寶石色的果汁倒進烈酒杯裡。我們舉杯敬我們的健康和友誼。

幾乎我遇到的每個芬蘭人都說他們會去野外採莓果，做成新鮮的果汁、果醬和莓果派，或是冷凍起來，供漫長的冬季享用。現在，我體認到這件事既是耗時又費力的手工活兒，也是一種生活的方式。芬蘭人一定從這整個過程當中獲得很大的成

① 參見 Aleksandra Kristo, Dorothy Klimis-Zacas, Angelos Sikalidis, "Protective Role of Dietary Berries in Cancer", *Antioxidants (Basel)*, December 2016, https://www.ncbi.nlm.nih.gov/pmc/articles/PMC5187535/

動。就感吧！最棒的是，野外採食的「全民運動」是身心都浸淫在大自然中的一項活

搭配鄰居家自製的莓果派、卡累利阿派和手工乳酪，喝著莓果茶，吃著新鮮的莓果，我問三位女性朋友「自然」（包括菜園、蘑菇、莓果和森林）對她們而言的意義是什麼。

拜依維說森林是她日常生活的基礎：「親近森林的感覺多好啊！空氣清新，心情放鬆。我每天早上遛狗，牠最愛在森林裡跑來跑去了。」她又補充道：「我喜歡從我家菜園現摘的蔬菜。我喜歡知道自己吃下肚的東西是從哪來的。」

拜依維的媽媽瑪蕾是馬大協會的老會員了，現年八十好幾的她有一頭閃亮、豐盈的銀白色頭髮和容光煥發的臉龐，她說：「我大概五歲就跟著我的祖母和阿姨去採蘑菇了。」截至目前爲止，每個去野外採食或釣魚的芬蘭人都告訴我，他們是從小就從家裡學到了這些技能。至於像我這樣的芬蘭新住民呢？我們可以從馬大人身上學到一點本事。

瑪蕾想起一件採菇往事，笑逐顏開地說道：「有一年的蘑菇季大豐收。我先生和我在森林裡足足採了兩個半月的蘑菇。我們做什麼事都在一起，一起採蘑菇，一起享受森林裡的靜謐。」她喜孜孜地下了個結語：「在森林裡，我感受到莫大的幸福！」

「林中覓食療癒身心。」拜依維說明道：「爲什麼呢？『安靜』是很重要的。我需要安靜獨處、沉澱思緒。我需要屬於我一個人的時間。在職場上，人際往來是不可避免的，你得跟人開會、跟人講話、跟人一起做很多事情。在辦公室裡忙了一整天之後，你就需要自己的時間和安靜的空間，沒有別人，也沒有噪音。『安靜』給你重回工作崗位上的能量。」

萊莉附和道：「沒錯，在森林裡，你可以把你的問題想清楚。」拜依維則說：「在森林裡走個十五分鐘，你的思緒就清楚了。」

我環顧桌邊的每個人，問道：「是不是每個人都這樣？人人都需要安靜？」

拜依維猶豫了：「不曉得耶，有那麼多人選擇住在城市裡。」

卡蒂亞說：「他們只是不知道自己錯過了什麼。」

我們默默望著彼此，一致深感認同。

12 世界邊緣的房子

一天，我來到俄羅斯邊境的村落伊洛曼齊，見一位名叫瑪伊雅—莉伊莎的傳奇馬大人和她老公沛卡。

卡蒂亞和我跟艾薇會合。艾薇是北卡累利阿馬大協會的領袖，卡蒂亞稱她爲「超級馬大人」。每次我去參加馬大協會在約恩蘇辦公室的活動，艾薇總在那裡彩排節目。她就住在教堂街，離我們的公寓兩個街廓而已。

一上車，我就看到艾薇頂著一頭銀白色的短髮，忙著織一隻襪子。她說，從約恩蘇到赫爾辛基的火車上，她單程就能織完一隻襪子，所以來回一趟就有一雙新襪子了。在我們前往伊洛曼齊的路上，她就一邊織襪子一邊跟我們聊天。

卡蒂亞和艾薇告訴我，我們在伊洛曼齊的東道主瑪伊雅—莉伊莎是一位年近七

句的女士，二十幾歲就加入馬大協會了。她是北卡累利阿分會最活躍也最受歡迎的馬大人之一，大家都奉她爲家常料理女神。她在伊洛曼齊村的教堂擔任大廚，無數的婚宴、喪禮和教堂活動的餐點都由她操辦。

瑪伊雅—莉伊莎和沛卡住在一棟山丘上的房子裡，靠近芬蘭和俄羅斯、東方與西方之間的「禁區」，這一區有明顯的標誌，但守衛並不森嚴。從他們的房子看出去，四周的森林和湖泊一覽無遺。就跟芬蘭的許多木屋和穀倉一樣，他們的木造房屋外觀漆成傳統的「法魯紅」，有著白色的窗框。溫暖、舒適的屋內以天然木材打造，明亮的光線從四面八方透進來。

這片荒野地帶的山丘和沼澤般的濕地是熊、猞猁、貂熊、加拿大馬鹿和狼群的家，這些動物在芬蘭和俄羅斯的邊界來去自如，但未經許可的人類若是這麼做，兩邊的罰款可都是很高的。瑪伊雅—莉伊莎告訴我，最近有一隻熊每天晚上十點準時到她的花園吃蒲公英大餐。

我一踏進瑪伊雅—莉伊莎的家，走了還不到三步，她就強而有力地給我一個長長的熊抱，她那體格壯碩如伐木工的老公沛卡在一旁看著，露出燦爛的笑容。芬蘭人都很冷淡的刻板印象到底是打哪兒來的呢？

她招呼我到她那原木打造的廚房，烤箱把整個空間烘得暖呼呼。廚房裡滿是鍋碗瓢盆和榨果汁的設備，窗台上的瓶瓶罐罐裝滿傳統的卡累利阿森林之寶，像是松針、乾蘑菇、莓果粉，還有當地人視爲養生精華液的樺樹液。廚房一角有一台圓形的食物乾燥機，很大一台，有很多層，一邊旋轉一邊發出轟轟的聲音。這間廚房就像一座小型的工廠。

「我知道一堆食譜，而且都記在我的腦袋裡。」瑪伊雅—莉伊莎眼睛發亮地對我說，令我不禁想起在東京的家母千津子。身爲日式家常料理大師，她從來不用去看寫好的食譜。瑪伊雅—莉伊莎宣稱：「大家都知道吃兩份莓果對健康很好。」接下來，她就開始解釋她是如何將莓果融入各種創意料理當中，包括蔬果昔、優格、莓果派和雜糧麵包。

伊洛曼齊位於歐盟陸地上的最東邊，在芬蘭的國族精神中有著特殊的地位。艾里阿斯．隆洛特在撰寫《卡勒瓦拉》這部史詩集時，這一帶是他搜集詩歌和民謠的豐富來源。艾里阿斯．隆洛特另有一部鮮爲人知的傳統歌謠集《康特勒琴之女》

（*Kanteletar*），其中的卡累利阿詩歌和芬蘭民謠也取自這一帶。

卡蒂亞告訴我：「瑪伊雅─莉伊莎為所有馬大人帶來很大的影響和啓發。」一旦了解她的生平，我就明白為什麼了。數十年前，瑪伊雅─莉伊莎和馬大協會的婦女是改變芬蘭全民健康、拯救千萬人性命的幕後英雌。瑪伊雅─莉伊莎是這場救援行動的首要幫手。一九七二年，一位名叫沛卡．普斯卡（Pekka Puska）的年輕醫生被政府派來這裡阻止一場大屠殺。在馬大協會關鍵性的協助下，他靠一個叫做「北卡累利阿專案」的速成教育計畫做到了。

這場大屠殺的殺手是心血管疾病，北卡累利阿地區的男性罹病率比全世界任何地方都高，他們受不健康的生活模式所害，有高達半數的男性是抽菸人口，再加上嚴重失衡的飲食習慣──大量攝取肉類、飽和脂肪、鈉和酒精，蔬果類的食用量相對較低。這有一部分是二次世界大戰的後遺症，芬蘭政府在戰後給許多歸來的退伍士兵田地，但許多士兵不諳種田，就轉而養起豬和牛來了。他們的飲食模式也因此侷限於肉類、牛奶、奶油和蛋類，沒有什麼其他的變化。

根據記者艾蜜莉．魏丁曼（Emily Wittingham）的報導，他們「在服役時養成了抽菸的習慣，退伍後每天的生活充斥著菸味、鹽漬豬肉的鹹味、高脂肪乳製品濃濃的奶味，以及爲了麻痺戰爭留下的心理創傷借酒澆愁的酒臭味。」一位卡累利阿的居民形容這是一種「受到邊境詛咒」的生活[1]。

到了一九六〇年代，有太多卡累利阿的男性英年早逝。爆發戰爭前，在過去的日子裡，芬蘭卡累利阿地區的許多房子都有地窖，用來存放胡蘿蔔、馬鈴薯之類的蔬菜。爐子上總有洋蔥，爐子裡有炒蘑菇。莓果做成果醬、甜點或果乾。但到了戰後，政府想鼓勵男性多吃蔬菜，卡累利阿的男性卻說他們「不吃小白兔吃的東西」。

馬大協會各分會都有許多地方太太受夠了家中男人年輕早逝的現象。普斯卡醫生來到鎮上，一方面宣導造成早逝的危險因子，一方面也教育民眾如何改變生活模式以促進健康，馬大人無不熱心自願幫忙散播消息。瑪伊雅—莉伊莎起了帶頭的作用，她的熱心投入也啓發了這個專案。她和馬大協會決定把焦點放在最有可能助她們一臂之力的潛在盟友身上，也就是負責料理食物和打理家務的卡累利阿婦女族群。她們分散到卡累利阿的各個家庭和社區聚會上，協助普斯卡醫生及其團隊舉辦「長壽派對」、廚房和爐邊閒話、媒體宣傳活動，並印製海報和傳單，也跟食品廠及農友開會，甚至製作了早期的實境節目，比賽哪個村莊的膽固醇指數和吸菸比率較低。地方上的醫生、護士和老師也一起幫忙宣導一些很基本的保健常識——戒菸、減鈉、降低飽和脂肪攝取量、少吃肉以及多吃農產品。

幕後，馬大人和卡累利阿媽媽太太界的盟友悄悄將健康的料理方式運用到家常菜當中，調整之細微、手法之巧妙令她們的家人渾然不覺。舉例而言，傳統的北卡累利阿燉湯通常是用水、鹽巴和豬肉這三種材料，現在一部分的豬肉換成了胡蘿蔔、蕪菁甘藍和馬鈴薯。新的食譜蔚爲流行，且被暱稱爲「普斯卡燉湯」。地方上的肉品廠在香腸裡塡入蘑菇餡，以減少鹽分和豬肉脂肪的含量，沒想到消費者很喜歡，香腸的銷量不減反增。當地季節性的莓果產品本來只在夏天短短的莓果季才有，現在透過新的冷凍和物流系統，一年到頭都享用得到。水果的銷量一飛沖天。

① Emily Willingham, "Finland's Bold Push to Change the Heart Health of a Nation", *Knowable*, March 2018. https://knowablemagazine.org/article/health-disease/2018/finlands-bold-push-change-heart-health-nation

很快的，北卡累利阿在血壓、膽固醇和吸菸方面的健康數據都轉往好的方向發展。北卡累利阿專案大獲成功，到了第五年也因此推行到全國。接下來的四十年內，芬蘭的中年男性心臟病死亡人數降低了八成，男性的平均壽命則足足多出十一．六年。北卡累利阿專案也成爲強效公衛政策的全球楷模。瑪伊雅—莉伊莎和馬大協會配合普斯卡醫生演出的救援行動，拯救了成千上萬的男人和她們自己的家人。

我們登門拜訪那天，瑪伊雅—莉伊莎忙著開會，這位「馬大女王」的老公沛卡便提議帶我去摘莓果。我們出發到幾英里外的一塊沼澤地，尋覓雲莓的蹤影。雲莓是世界上最有營養的食物之一，富含抗氧化劑、維生素、礦物質、多酚、omega 脂肪酸和類胡蘿蔔素。我們突然受到一大群馬蠅圍攻。馬蠅是芬蘭夏天很常見的昆蟲，但我可是有備而來——我的口袋裡就有防蟲噴霧。

我一邊把籃子裝滿，一邊讚歎道：「我愛這個莓果小宇宙！太美了，我可以在這裡待一整天。」說完，我又補充道：「摘莓果是很棒的一種運動。你得彎腰、走路和爬坡。」

「沒錯！」沛卡說。

「雲莓盛產季是什麼時候？」我問。

「兩星期前，七月底的時候。」沛卡指向鄰近俄國邊界的一座湖泊說：「那邊的小島就是我的家鄉。六歲的時候，我每天划船兩公里去上學。冬天的時候，我就越野滑雪去上學。」

走回他們家的路上，沛卡將滿滿一籃的雲莓交給我，說：「妳把這個獻給瑪伊雅—莉伊莎。她看了一定很高興。」我看看他、點點頭。瑪伊雅—莉伊莎在門口迎接我們，一看到莓果籃，她就露出一臉欣喜的表情，又用一個大大的熊抱把我淹沒，沛卡一樣在一旁笑看這一幕。

我們在餐桌前坐下。首先，瑪伊雅—莉伊莎拿來一個裝滿雲杉嫩芽的玻璃瓶，從瓶中倒了清澈的液體到水晶烈酒杯裡。沛卡說他們是在那年稍早摘了雲杉芽，用伏特加浸泡，做成餐前酒。我們舉杯用芬蘭文乾杯道：「Kippis!」雲杉芽伏特加嚐起來帶有常綠植物的氣息和柑橘味。

餐桌上放著一壺粉橘色的飲料，是他們家自製的大黃樺樹液檸檬汁，樺樹液是從後院的樺樹上採集來的。瑪伊雅—莉伊莎擺滿一桌令人垂涎三尺的豐盛午餐，有自製的藍莓山桑子椰香派、雞油菇鹹派、莓果雜糧麵包、花園沙拉和煙燻歐白鮭（Coregonus albula）佐蒔蘿，全都新鮮又美味，食材多是當天早上或前一、兩天才採來或釣來的。

我們全都吃飽喝足之後，盤子裡還剩下許多食物，瑪伊雅—莉伊莎和沛卡說：「別客氣，多吃一點。」我問他們可不可以讓我打包兩份煙燻鮭魚、雜糧麵包和雞油菇鹹派回家，給威廉和我們的兒子吃。結果他們不只用盒子裝了三人份的餐點給我帶回家，還附贈一盒我和沛卡採回來的雲莓。

午餐過後，沛卡帶我們參觀他們家的院子。有一區是香草園和菜園，還有一區是果樹園。他驕傲地展示一排排翠綠的莙薘菜、羽衣甘藍、蒔蘿、高麗菜和洋蔥給我看。綠花椰菜和小黃瓜的周圍長滿巨大的葉片。幾呎之外則是花圃。在一座木造的溫室裡，我看到瑪伊雅—莉伊莎用來點綴沙拉的食用花、各式各樣的香草植物，以及剛剛午餐吃的小番茄。

另一區放著沛卡的戶外烤爐，那是一個有煙囪的黑色箱子。他打開爐蓋，給我看烤爐的內部。底部是煤炭，煤炭上方有一個用來放食物的架子。他解釋說我們午餐吃的煙燻歐白鮭就是用這個烤爐烤的。

瑪伊雅—莉伊莎光著腳走了出來。我們散步到一棵雲杉樹前。她抓住一根低矮的樹枝，給我看葉尖，解釋道：「五月是採收雲杉嫩芽最好的時節。」採來的雲杉芽，她就泡在烈酒當中。接著，她又帶我到一棵白樺樹前，我們午餐喝的大黃樺樹液檸檬汁當中的樺樹液，就是從這棵樹上採集來的。樺樹液又被稱爲「森林精華乳」，是一種有點渾濁的透明液體，在芬蘭、俄羅斯、加拿大、日本和韓國是很流行的民間藥材，廣泛用來治療各種疑難雜症。它是一種富含胺基酸、礦物質、酵素、蛋白質、抗氧化劑、維生素B、維生素C、糖分和白樺脂酸的能量飲品，具有抗發炎和抗病毒的功效，有益心臟健康。

瑪伊雅—莉伊莎拿出一壺樺樹液和幾個玻璃杯。我們圍坐在一張野餐桌旁，啜飲著來自白樺樹的汁液，嚐起來很純淨也很清爽，帶有微微的甜味。相互道別後，我們前往伊洛曼齊的赫爾曼尼酒廠（Hermannin Viinitila），這是芬蘭歷史最悠久的酒廠，廠裡用當地產的醋栗果和莓果釀製氣泡酒、莓果酒、利口酒、烈酒和果汁。

產品以卡累利阿語命名，商標設計的靈感則來自卡累利阿古老的刺繡傳統。我們每個人都忍不住買了幾瓶。艾薇買了幾大瓶家庭號的果汁，老闆得用兩個大袋子幫她裝。

一日遊來到尾聲，接近約恩蘇的馬大協會辦公室時，我忍不住問艾薇：「妳要怎麼把這些果汁帶回家？」

她說：「騎腳踏車啊，我的腳踏車就停在辦公室前面。」

我驚呼道：「妳不能用腳踏車載啦！」我是由衷擔心她的安危。「掛著兩大袋的重物，妳要怎麼保持平衡？妳會摔車啦，還是讓我幫妳一起提回家吧！」

艾薇一派淡定地說：「看我的，薑是老的辣。」她爬出車外，跟我擁別，然後就拎起兩袋不可思議的龐然大物，連同袋子把果汁綁在後輪上方的車後座上，跳上腳踏車，啪嗒啪嗒地騎走了。

回到家之後，我挺著飽足的肚子，腦袋裡暈陶陶的，內心也在為這次的拜訪歡唱。

這趟行程完全是夢幻之旅，這場夢美得我都不願意醒來了。

13 森林聖殿

「樹木善於傾聽，這是它們其中一個令人驚奇之處。它們默默不語、彬彬有禮地佇立，把空間留給我們所有的思緒——有開心的，有難過的。樹木看著人世間的一切，懂得了慈悲，學到了智慧。它們什麼都見過、什麼都聽過。有時，它們讓風插話。樹葉會悄聲低語。樹枝會頻頻點頭。鳥兒會提出牠們高明的意見。甲蟲會從裂開的樹皮和潮濕的土壤中好奇地探出頭來。但是尊貴高雅、不為所動的樹木只會傾聽我們訴說的故事，即使是在我們訴諸言語之前。」

——文化心理學講師瑪麗安妮・波葛席恩博士

一九四四年，芬蘭的一名年輕女子戀愛了。

她愛上的是一位名叫帕弗的卡累利阿農夫，吸引她的原因很簡單，她向一位朋友吐露道：「他的眼睛就像耶穌的眼睛，令我無法抗拒。」

兩人結了婚，後來就在一座他們取名爲巴塔霖（Paateri）的牧場恩愛一生。牧場位在卡累利阿森林裡，靠近湖畔小鎮里耶斯卡（Lieska），差不多是約恩蘇東北邊六十英里（約九十六公里）處。

女子名叫艾娃．魯納能（Eva Ryynänen），日後她成爲芬蘭藝術界的一代巨匠。她主要的創作媒材是樹木，尤其是她最愛的松樹。她認爲松木淡淡的顏色反映了北歐人的性格。

一天，我參觀了她在森林裡的工作室，作品從室內延伸到室外，眼前景象令我歎爲觀止——大大小小的手工木雕，有些刻在牆上和門上，工作室裡和家裡的家具也是線條優美的雕刻作品，刻出各種夢境、形狀、人物、天使、嬰孩、動物、花朵、自然風光和村夫野老。

艾娃的老家在芬蘭中部的一座小鎮，十八歲時，在父親的牧場上幫忙養牛的她，用白楊木刻了一件精美的木雕作品，題名爲《巨石上的七兄弟》（*The Seven Brothers on a Boulder*），靈感來自芬蘭國寶級作家阿萊克西斯・基維（**Aleksis Kivi**）一八七〇年的文學經典《七兄弟》（*Seitsemän veljestä*）。

這件木雕作品刻劃了不幸的七兄弟被綁在一顆巨石上，絕望地面對一頭憤怒的公牛。艾娃憑藉這件作品錄取了芬蘭藝術協會的阿黛濃美術學校（**Ateneum school**），並贏得可在赫爾辛基生活一年半的獎學金。她半工半讀，念書之餘也當清潔婦賺外快。

對赫爾辛基的藝術圈興趣缺缺的艾娃和她的眞命天子帕弗歸隱山林，來到北卡累利阿的小牧場，賣牛奶賣了三十年，閒暇時就沉浸在她熱愛的木雕當中。兩人親手蓋了一棟蒸氣小木屋來住，接著又蓋了穀倉、房屋和木雕工作室。帕弗無時無刻不對她老婆的手藝讚歎不已。結果艾娃只靠自學就成了藝術家、工程師、工業設計師和工匠。她曾自我剖析道：「大地就是我的泉源。人與自然是一體的。」①

① Thomas A. DuBois, *Sacred to the Touch: Nordic and Baltic Religious Wood Carving* (University of Washington Press, 2017), p. 31.

一九五三年，艾娃接到了第一件委託案，她的作品要展示在教堂裡。一天，帕弗宣布說他把家裡的乳牛賣了，從今以後，艾娃要把時間奉獻給她熱愛的木雕，專心當一個全職藝術家。在先生的支持下，一九七四年，五十九歲的艾娃在專業上有了突破性的勝利，她的個展在赫爾辛基的阿莫斯・安德森藝術博物館（Amos Anderson Art Museum）開幕了。一九七〇年代的某一天，芬蘭總統表示想來拜訪她，但艾娃回覆說她忙得沒空見他。

參觀她的住家和工作室時，就我所見，艾娃渾身燃燒著創造力，彷彿有一股神聖的力量透過她的指尖傳遞到作品上。她曾解釋說，她從樹木身上看到隱藏其中的形狀，在她將自己看到的樣子釋放出來時，樹木本身就是與她商議的夥伴和帶領她的嚮導。

數十年間，艾娃在她的工作室創作了五百件左右的大作，通常是用一整塊完整的木頭雕刻而成，不用拼接或組合的方式，雕刻工具也是她自己做的。她的專長是教堂藝術，她的作品來到芬蘭各地的虔誠家庭裡，終至傳入瑞典、挪威、德國、俄國、瑞士、奧地利、義大利、加拿大、古巴、埃及、美國和日本。她對樹木有著深厚的情感，並將樹木視爲上帝賜予的創作媒介。但艾娃覺得十字架上的耶穌像很難雕，因爲雕刻的過程讓她「苦於人類的罪惡」，她解釋道：「我的心是一片陽光溫煦之地，照耀我心的是愛，不是戰爭。」艾娃於二〇〇一年辭世，她心愛的帕弗也在三個月後撒手人寰。兩人留下的房子看起來像屋主很快就會回家的樣子，餐具攤開在桌上，衣服也還掛在牆壁的掛鉤上。

她最著名的作品巴塔霖教堂（Paaterin Kirkko）實在是一件令人歎爲觀止的創作。教堂於一九九一年完工，就蓋在她和帕弗的土地上，當作獻給地方的贈禮。教堂的祭壇是用一棵巨樹的樹根製作而成，這棵被譽爲「卡累利阿神杉」（Karjalan Kuusi）、慘遭閃電擊中的巨樹來自魯奧科拉赫蒂村（Ruokolahti）。常有人在這座教堂舉行婚禮，艾娃爲新娘耍了一點頑皮的小心機，故意將準婆婆坐的前排座椅設計得很不舒服。

根據學者湯瑪斯・A・杜博伊斯（Thomas A. DuBois）的研究：「教堂的十四張長椅都是一體成型，個別用單棵赤松的樹幹鑿刻而成，再用砂紙磨出光滑的質地，最後飾以裝飾性的花紋。」杜博伊斯又介紹巴塔霖教堂的木頭地板是「松樹幹橫切成段，與水滴狀的松木塊結合而成，木板周圍塡上木粉、木屑和膠水。艾娃本來研發了實用的地板，供她自己的工作室之用，到了這裡則將原本實用的地板提升爲高級的藝術。」②

我站在艾娃．魯納能打造的教堂裡，看得如癡如醉，恍然明白了這座教堂是什麼。

它是一座森林的聖殿，一首獻給大自然神祕力量的頌歌。

②同前，p. 45.

14 激情女子

「你是想吃點什麼、喝點什麼，還是想泡個三溫暖，又或者跟我做愛呢？」

根據史上最有影響力的卡累利阿女性政治家，當丈夫回到家的時候，這是既樸實又風騷的卡累利阿鄉下婦女迎接丈夫的傳統台詞。

她自己偏好最後一個選項。

她的名字是麗塔・沃蘇凱寧（Riitta Uosukainen）。無論怎麼看，她都是一個政治女超人。

一九九〇年代初，身爲芬蘭的教育部長，她是推動改革的關鍵力量。在她的改革之下，芬蘭才有了如今被譽爲世界第一的兒童教育系統。

後來，她成爲令人敬畏、直諫敢言的芬蘭國會議長，在她擔任議長的九年期

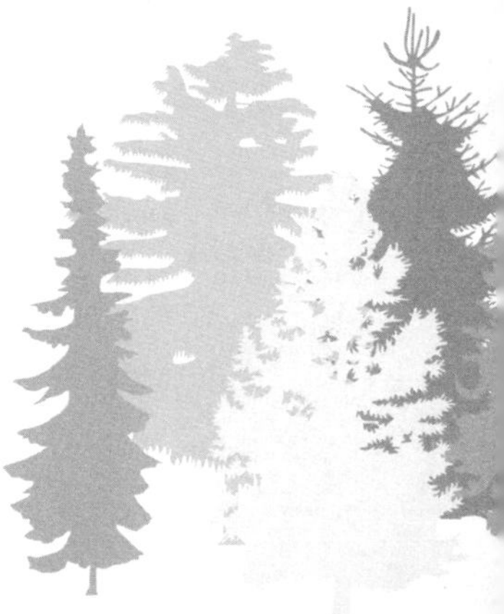

間，芬蘭女性當上了總理、國防部長、外交部長，並在國會占有三分之一的席位。她掌握了政治鬥爭與應對進退的藝術，成爲權力僅次於總統的人物。身爲國會議長，麗塔與鄰國俄羅斯的總統普亭面對面交手。從兩人合影的照片中看來，普亭看她的眼神就像一個怯生生的實習生看著大老闆。她是芬蘭史上八位獲得「國家政要」（Valtioneuvos）名譽頭銜的得主之一，這是身爲人民公僕最高的榮耀。

麗塔是一位滿腔熱血又有王者風範的政治家，曾有一位記者形容她是「不按航向飛行的彈道飛彈」，她聽說之後哈哈大笑道：「爲什麼只能有一條飛行軌道呢？」[1]關於她在政治上的身分認同，她形容自己是「一個激進、自由、動力十足的保守分子」。她解釋道：「我的脾氣是道地的卡累利阿脾氣。芬蘭人話多，說話又快，而卡累利阿的女人大概是芬蘭人中話最多的了吧。」

麗塔的回憶錄在一九九六年問世，一時熱賣到出版商都來不及印。這是因爲她著墨的重點不在於歷史或政事，而在於將情感抒發出來，大談她的愛恨情仇和她成功的祕訣：性愛。

她指出：「我是眞的相信床事順利、萬事如意，很遺憾有些女人的人生中就算有過不止一個男人，也享受不到這份樂趣。」她補充道：「畢竟，情慾就是生命力，情慾也給了我們工作的動力。」簡而言之，她是一個愛跟老公上床的女人。她老公名叫托伊沃，是芬蘭陸軍的一位退役中校。她在書中寫下了綿綿情話，毫不掩飾她對他的激情：

「謝謝你給我一個美妙的週末，謝謝你給我的愛與歡愉，謝謝你給我那些無與倫比的時刻。水床太神奇了，在我們做愛時都沒發出半點聲響，卻隨著我們起伏震盪。」

「啊，青春。我們擁有何等幸福的人生。我們做了那麼多次，每次我都只是一副女體，只剩乳房和大腿而已。我們因為工作分開幾天，但不影響做愛的次數。疲憊和年齡是有一點影響，但只要信號傳來，我就慾火焚身。什麼信號呢？鬍後水或爽身粉的味道、森林的氣息、拂過衣襬的微風、輕輕的碰觸、一個眼神、一個擁抱、一個轉身……全都是引人遐想的信號。上床的暗號。」

❶相對於可以控制自身飛行軌道的巡弋飛彈，彈道飛彈只能保持預定的航向，不可改變飛行軌道。

「占有我，我將不住顫抖。你是一位軍官，也是一位紳士。你是百發百中的神射手。你是照耀我生命的太陽。你知道如何溫柔、如何野蠻、如何用力、如何尊重。你知道如何令我高潮。我仍能感受到你在我體內。」

「還記得學生時代的事嗎？床腳斷了，我們掉到地上，滾到老舊的收音機旁，兩人笑成一團。店鋪一開門，我就跑出去買了新床腳和新門鎖。若是不能和我在床上歡笑，我絕對無法跟這個男人一起生活。在這一生當中，我掉過很多眼淚，但你我的情愛生活中沒有掉淚的時候。相反的，我們只有歡笑！」

在一個政治人物就該像路德教牧師般矜持自重的國家，麗塔的赤裸告白震驚也激怒了一板一眼的政壇，但根據她的說法，許多芬蘭老百姓讀得很高興。她回憶道：「在我的巡迴簽書會上，等著見我的人大排長龍，就像是要來我這裡充電一樣。」這本書爲她贏得「火辣一姊」的綽號。她回憶道：「芬蘭的政論名嘴恨不得扼殺我的政治生命，但我只是坦白透露我的力量來自哪裡，還有我們夫妻過得多麼幸福美滿。」

南卡累利阿的伊馬特拉（Imatra）是麗塔的故鄉，我們在她位於森林的家中談話。此時她已年近八旬，名義上也已經退休了。那天，她的行動比平常慢了一點，因爲前一週她去了一趟赫爾辛基，不小心在芬蘭國會大廈裝飾藝術風格的大理石台階上跌了一跤。但她一年到頭行程滿檔，在芬蘭還是很活躍，有參加不完的典禮，還要忙著寫專欄和到處演講。

麗塔・沃蘇凱寧是芬蘭史上最有力的立法者之一，而她的力量不止來自愛與性，也來自卡累利阿的森林。她告訴我：「在這裡工作、生活是一種喜悅。樹木太神奇了。這裡的森林、湖泊和大自然造就了我。」

有史以來，像麗塔・沃蘇凱寧這樣的女強人就是芬蘭的棟樑，古時候也有女獵人泰勒沃（Tellervo）的神話。泰勒沃是芬蘭的森林女神，也是森林之神和牛群的保護神塔皮奧（Tapio）的女兒。一九二九年，雕刻家烏里歐・李波拉（Yrjö Liipola）將裸體擲矛的泰勒沃化爲一尊不朽的雕像，永遠佇立在赫爾辛基的市中心。在芬蘭神話中，眾生都受到森林之母的庇護，而森林之母有一群女性保護靈的協助，女性神靈或「母靈」就棲居在大地上。

離麗塔・沃蘇凱寧的小屋不遠處，在塞馬湖（Lake Saimaa）西側，有個叫做阿斯圖萬薩爾米（Astuvansalmi）的地方被聯合國教科文組織列爲世界遺產，一般認爲那裡是芬蘭最早的聚落之一。在那裡有一面陡峭的懸崖，崖壁上繪有一系列赭紅色的石器時代壁畫，成畫的時間可追溯到西元前三八〇〇年至西元前二二〇〇年，留下的痕跡至今依然可見。在以人物、動物和船隻爲主題的壁畫中，有一幅女性畫像特別突出，畫面中的女性射中一頭加拿大馬鹿，她的手裡拿著弓，擺出勝利的姿勢。在芬蘭的史前文化中，這幅突出的「執弓女子圖」顯示她可能是一個有名的女神、薩滿、狩獵高手，抑或是三者兼備。關於神祕的北歐部落，古羅馬歷史學家塔西陀（Tacitus）於西元前九十八年寫下了其中一份最早的文獻，爲「野蠻又貧窮」的芬尼族（Fenni）留下了文字紀錄。芬尼族可能是現代芬蘭人和芬蘭原住民薩米族（Sámi）的老祖宗，在塔西陀筆下，這個民族的女性果敢又強大：「男人和女人一樣都要外出打獵。男人去到哪裡，女人就去到哪裡，雙方共同負起保護獵物的責任。」①

根據瑞典籍庫德裔作家尼馬．沙南達吉（Nima Sanandaji），現代北歐文化中性別平等的觀念可追溯到維京時代，當時的女人在社會上就很有地位。在二〇二〇年的《美國新聞與世界報導》（*U.S. News & World Report*）中，沙南達吉表示：「從古代到現代的過渡階段，北歐社會率先給予婦女正式的財產權，也從法律規定上破除婦女擔任專業職位的障礙，並落實真正的民主，賦予兩性同等的投票權。」②他補充說，也有證據顯示早期北歐社會的婦女就能繼承土地與財產、參與公民事務，以及訴請離婚。

和卡累利阿的政壇一姊麗塔·沃蘇凱寧談話時，有一個問題我非請教她不可：「爲什麼芬蘭女性在現今社會上這麼有地位？背後有什麼原因嗎？」

她剖析道：「一直以來，芬蘭女性都是女強人，她們下田耕作、飼養牲口、打理家務。」坦佩雷大學（**Tampere University**）的性別研究教授尤哈娜·甘朵拉

---

① Cornelius Tacitus, *Tacitus on Britain and Germany: A Translation of the Agricola and the Germania* (Penguin Books, 1965), p. 140.

② Andrew Soergel, "Minding the Nordic Inequality Gap", *U.S. News & World Report*, January 16, 2020, https://www.usnews.com/news/best-countries/articles/2020-01-16/gender-equality-perceptions-versus-reality-in-nordic-countries

（Johanna Kantola）曾說：「芬蘭女性在勞動市場的參與度向來很高。這個國家遲至一九六〇年代才進入工業化時代，在那之前，不分男女一起下田務農。」③

對於芬蘭女性的社會地位爲什麼相對來得高，麗塔．沃蘇凱寧還有一種解釋：

「妳別看這些男人，他們可聰明了。」

「什麼意思？」

她說：「我們國家的男人很尊重女人，這才是明智之舉，因爲他們知道給女人空間和機會，男人反倒輕鬆得多、好過得多。男女同心協力，攜手打造成功的社會。男性和女性將彼此視爲合作夥伴，互敬互助最重要，其他都不重要。」

她表示：「當女人有了力量，男人就會得到好處，國家也會得到好處。」

在我聽來，她說的很有道理，怪的是世界上還是有很多人不懂這個道理。

---

③ Emma Graham-Harrison, “Feminism Comes of Age in Finland as Female Coalition Takes the Reins”, *The Guardian*, December 14, 2019, https://www.theguardian.com/world/2019/dec/14/feminism-finland-gender-equaity-sanna-marin

15 湖區

「太陽、月亮、大熊座、北極星及其他的天體，化為青春永駐的美麗女子，有時坐在林木彎曲的樹枝上，有時坐在紅艷艷的雲朵邊上，有時坐在彩虹上，有時坐在天堂的穹頂上。」

——一八八八年約翰．馬丁．卡瓦福德英譯版《卡勒瓦拉》序言

芬蘭到處都有蘑菇女王。

其中一位經營全國歷史最悠久的飯店，飯店坐落在塞馬湖畔的山脊上，離薩翁林納市不遠。塞馬湖是芬蘭最大的湖泊，位於芬蘭的湖區，而湖區散布在北卡累利阿和南卡累利阿周邊。

她是電視名人賽咪．霍耶（Saimi Hoyer），曾爲芬蘭時尚名模，目前既是馬大人，也是高雅、古典的精品飯店「蓬卡哈爾尤旅館」的經營人和所有人。她的童年都在附近的自家小木屋度暑假。如同許許多多的芬蘭人，賽咪熱愛大自然，亟欲跟人分享這份熱情。我在蘑菇旺季的某個下午前去拜訪她。

飯店是沙皇尼古拉一世於一八四五年所建，原本用做森林護管員的宿舍，附有客房，久而久之，宿舍漸漸轉型爲蓬卡哈爾尤州立飯店，私人所有權也幾度易主。賽咪在二〇一六年買下並修復這間飯店，保留建築本身及其歷史與文物。

飯店外牆漆成淡粉色，邊緣和窗框則漆成白色。每間客房都有一個自然主題，例如花蜜房、白鶴房、露水房和蜻蜓房，並配備了賽咪親手挑選的獨特物件。桌上有蘑菇造型的檯燈，牆上有蘑菇主題的藝術品。在這間飯店裡，賽咪最愛的一個據點就是面湖的搖椅露台。她說這裡的客層主要是四十歲以上的夫妻、婦女團體，以及熱愛好設計、好建築和大自然的旅人。

二〇一七年，這間飯店是俄羅斯總統普亭和芬蘭總統邵利．尼尼斯托（Sauli Niinistö）舉行高峰會的地點。兩位領袖在此談論國際事務後，登上SS塞馬湖號

（SS Saimaa）參加船上晚宴，再到附近的奧拉維城堡，觀賞由莫斯科大劇院籌辦的歌劇表演。城堡建於一四七五年，用以防守芬蘭和瑞典東側的邊界，如今則是此區最大的歌劇舞臺，每年夏天主辦廣受好評的薩翁林納歌劇節（Savonlinna Opera Festival），吸引成千上萬的音樂愛好者到此一遊。

賽咪爲我和馬大協會的朋友們獻上精緻的蘑菇大餐，多道餐點皆飾以當地自產的農產品、魚鮮和野生香草。她介紹道：「我們的客人可以參加野外採集、釣魚、蒸氣浴、單車之旅、北歐式健走、立槳衝浪、划獨木舟以及划船等行程。」她補充道：「飯店的活動還包括史蹟導覽，由熟悉蓬卡哈爾尤歷史的解說員帶領。」

我最愛的一道餐點是「森林蘑菇蛋白霜」（metsäsieni marenkileivos），它是用雞油菇泥夾在兩球米白色的煙燻蛋白霜中間做成的。我輕輕拿起一顆咬下去，這道精緻的甜點入口即化，散發出樸實的胡椒味。

賽咪感嘆道：「這裡是大自然最美的遊樂園！」恰巧呼應了十九世紀芬蘭記者薩克里斯・托佩柳斯（Zacharias Topelius）的看法，這位記者宣告蓬卡哈爾尤是全芬蘭最美的地方①。不遠處，一座座景色秀麗、林木蓊鬱的島嶼漂浮在塞馬湖一望無際、平靜無波的湖面上。

如果你仔細觀察，說不定還會看到一隻瀕臨絕種、害羞怕人的塞馬湖環斑海豹。牠們是冰河時代的遺跡，如今奇蹟般存活在芬蘭的湖區。

---

① https://www.kruunupuisto.fi/en/about-us/history/

16 東京廚房在芬蘭

爲了感謝馬大姐妹們對我的殷勤款待，我提議在約恩蘇市民廣場總部的店面辦一場日式家常料理的公開示範課。

我的想法是芬蘭卡累利阿美食和日式料理的健康元素可以兩相結合，供一般家庭在家享用。我將那晚的活動取名爲「東京廚房在你家」，文案則介紹道：「爲府上的餐桌引進日式料理，今年冬天就從世界上最美味、最健康的餐點揭開序幕。過去四十年來，數百萬的日本人在不知不覺間參與了史上最大型的長壽養生瘦身實驗。他們發現了戰勝肥胖的方法，而且比世界上其他國家都更長壽。歡迎與我們共度一個美味又有趣的夜晚，把令人垂涎三尺的食譜帶回家！」我們八歲的兒子和他的同學在市民廣場發傳單幫忙宣傳。

東京廚房的名額很快就滿了。活動收入將捐給北卡累利阿馬大協會，聊表我對他們的感激。出席的人越多，我們能賺取的收入也就越多。活動當日的天氣很不好，我心想或許很多人都不會來了。結果卻是全員到齊，非但沒有人遲到，還有些人早到了。

馬大協會的廚房有專業的中島，既適合備料，也適合上團體示範課。我說明了日式的擺盤和食物類型，並爲大家示範準備一頓典型的日料家常菜是多麼簡單又有趣。上課的內容包括日式高湯、短粒壽司飯、豆腐蔬菜味噌湯、清炒時蔬、嫩菠菜佐甜味芝麻醬，最後還有煎餃。多數食材我都是從當地超市找到的，品質以芬蘭來講非常好，另有部分食材是從赫爾辛基一家日式食材專門店運來的。

唯一到處都找不到的是煎餃要用的餃子皮。我向協助我備料的營養師亞爾科求救。我告訴他：「我之所以把煎餃納入菜單，是因爲煎餃就像卡累利阿派的表親。如果你們知道怎麼做卡累利阿派的派皮，那我想你們一定做得出餃子皮。你可不可以把黑麥粉換成小麥粉，麵皮桿成比較小的尺寸，直徑大約十公分？」亞爾科以芬蘭人「堅定、沉默、可靠」的典型風格點點頭，然後就動手變出完美的餃子皮來了。

學員們品嚐了食物，提出自己的問題。感覺起來，他們應該對這次的飲食文化交流很滿意。最後，馬大協會讓每個人都帶著道地的日料食材滿載而歸。

17 艾諾山區的原始林

安妮卡是一位記者，她在地方報紙上寫了一篇日本料理的報導。身爲記者，她對在地和全國的時事都有深入的觀察，話匣子一打開，我跟她就彷彿有聊不完的話題。我問她許多關於森林裡採集食物、自然生態和當前的社會與文化議題，她教了我很多東西。

夏末的某一天，安妮卡邀我加入她和她老公密卡的行列，去距離約恩蘇大概一小時車程的艾諾森林保護區爬山。密卡是一位經驗老道的森林專家，目前在東芬蘭大學攻讀碩士學位。雖然芬蘭國土有七成都被森林覆蓋，但受到特別保護的古老原生林相對稀少。數百年的伐木業發展史意味著芬蘭多數森林都很年輕。環境學家警示道，這種現象導致森林較爲脆弱、生物多樣性較低，也使得更多野生動物瀕臨絕

種。

這對夫妻住在森林深處，食物多半都是採集、狩獵而來，過著從荒野直送餐桌的生活。我們進入的保護區是一片茂密的森林，而且如同芬蘭許多的森林般漫無邊際，也沒有步道或標誌。真的要有經驗老道的當地嚮導帶路，你才不會迷失方向。

行前，我問他們午餐該帶什麼，安妮卡說：「我們說不定會找到莓果和蘑菇，也可以在林中生火燒水泡茶或泡咖啡。當然，芬蘭人只要有機會一定會烤個香腸來吃。」

灰影幢幢、綠影婆娑的樹木筆直地伸向天際，粗壯的枝椏斜倒在鄰近的樹幹上。大小不一的樹木層層疊疊倒在地上，樹身爬滿了苔蘚。放眼望去滿是低矮的莓果叢和灌木叢，凹凸不平的地面上長了各式各樣的地衣與苔蘚，也鋪滿了掉落的枯葉、松針和松果。褐色的蘑菇東一簇、西一簇，像短褲般短短一截的樹樁披覆著植被。

來到森林深處，密卡把手伸向地上一棵低矮的蕨類植物，將它連同底下的木質根（地下莖）整棵拔起。他掏出一把瑞士刀，將木質根的外皮削掉，露出裡面鮮綠色的肉，切了一小塊給我，又切了一小塊給他太太。她對我說：「嚐嚐看。」我把我那塊放進嘴裡嚼了一嚼，嚐到一種帶有八角味的甘甜。安妮卡問道：「像不像甘草軟糖的味道？」這種植物是常被用來製作糖果的歐亞多足蕨（Polypodium vulgare）。我們一致認爲它很適合當成口香糖，可以在森林裡邊走邊嚼。接著，安妮卡發現頭頂上方幾呎處的白樺樹幹上有一顆表面粗糙的黑色瘤狀物，衝破樹皮長了出來。這就是傳說中的白樺茸，我在蘑菇女王拜依維家享用的養生精華液就是從它身上來的。

再往前走，我們發現了一朵朵半圓形的菇傘，看起來就像一隻隻馬蹄從細瘦的樹幹上伸出來。這是俗稱木蹄靈芝的木蹄層孔菌（Fomes fomentarius），在分類上是屬於多孔菌（polypore）的一種眞菌。

長約一呎、顏色白裡透綠的流蘇狀植物從一根樹枝上垂下來，安妮卡輕輕摸了摸，解釋道：「這是鬚松蘿，地衣的一種。只要看到鬚松蘿，你就知道這裡的空氣一定很純淨。」我們四周的許多樹枝上都長了鬚松蘿。

我們來到一小塊空地上，安妮卡指了指地面，我看到許許多多的橙黃色小點點，是大自然的珍寶「雞油菇」。我們彎下身來，摘了滿手再放到籃子裡，對彼此露出勝利的笑容。回到約恩蘇之後，安妮卡將黃澄澄的雞油菇全都放進一個棕色紙袋，給我帶回去和家人一起享用。

安妮卡邀我出遊時，我原先想像我們會一邊爬山，一邊從低矮的莓果叢中採莓果，一邊將採來的莓果丟進嘴裡大吃特吃。我想像密卡會生火烤香腸和燒熱水泡茶喝。茂密的常綠樹木和透過枝椏篩下來的陽光就是我們用餐的背景。一朵一朵和絲絲縷縷的白雲會緩緩飄過我們頭上淡藍色的天際，顯示著夏去秋來的時間推移。我們的登山靴會踩在厚厚一層高低不平的苔蘚絨毯和掉落的松針上。我們會用「kuksa」這種芬蘭北部拉普蘭區（Lapland）原住民族薩米人以樺樹瘤手工雕刻的傳統木杯喝茶。

而一切正如我的想像。如果這不是一頓來自大自然的極致饗宴，那什麼才是？

我不斷想著：森林眞的是很神奇的地方。

18 森林的黑暗面與光明面

芬蘭衛生及社會事務部的官員塔妮亞・奧維能（Tanja Auvinen）曾說：「身爲一名女性，在芬蘭出生對我來講就像中樂透一樣。芬蘭的歷史顯示女性可以爲自己的成就驕傲，但我也認爲好還要更好，我們還是必須發出聲音。兩性平權仍有很多工作要做。」

芬蘭不是烏托邦，像塔妮亞這樣的芬蘭人會率先指出女性的社會地位還有很大的改善空間，社會本身也有許多改善的工作要做。

事實上，每個社會都有黑暗面，芬蘭社會也不例外。我得知家暴在芬蘭是很嚴重的問題，以歐洲來講甚至是情況最惡劣的一國。芬蘭極度缺乏家暴和婚內性侵相關的防治法。身爲社運家、律師及土庫大學（University of Turku）法學教授的凱瓦

特・諾西艾能（**Kevät Nousiainen**）於二〇一九年觀察道：「這很矛盾，高度的性別平等形成一種已經完全平等的錯覺，也形成一種進一步的立法沒有必要或多此一舉的錯覺。大眾想當然地假定女性完全可以照顧自己，如果妳做不到，那我們可不接受。」①

當今芬蘭對性別與社會進步的追求，有時也會碰到難以置信的困難，而且往往要在貧困不公的條件下力求突破。

一九〇七年，在芬蘭最早的十九位國會女性議員中，瑪莉亞・若尼奧（**Maria Raunio**）是一名寡婦，獨力撫養五名子女。當她爲非婚生的孩子爭取平等的權利時，那些有錢的大客戶拋棄了若尼奧的裁縫師父親，導致一大家子三餐不繼，若尼奧不得不把她的孩子送去救濟院。她後來移居美國，和孩子們失去聯絡，罹患了憂鬱症，最終自殺身亡了。

① Emma Graham-Harrison, "Feminism Comes of Age in Finland as Female Coalition Takes the Reins," *Guardian* (UK), December 14, 2019, https://www.theguardian.com/world/2019/dec/14/feminism-finland-gender-equaity-sanna-marin

在她過世之前，瑪莉亞．若尼奧為祖國的未來勾勒了一幅願景：「願爾等開創新芬蘭，建立一個幸福的國度。在這個國度，沒有一位母親不受保障，沒有一位母親心裡淌著血、眼角流著淚，相反的，每一位母親都會看到心愛的孩子衣食溫飽。」不到一世紀後，她的願景大致都成眞了。

近年來，酗酒的盛行率在芬蘭下降了，但還是居高不下。許多社會都有同樣的問題，尤其是在冬夜漫長的北國。比起許多已開發國家，芬蘭的社會相對較爲平等，但芬蘭的社會問題亦是有增無減。

在接納移民、少數民族和文化弱勢團體這方面，芬蘭社會付出了很大的努力，但成績未盡理想，一樣還有很多工作要做。在芬蘭，外來移民不分男女都要面對歧視和失業的問題。而在急速現代化的過程中，主要集中在拉普蘭區的薩米族失去了傳統的生活方式，造成許多社會和健康方面的問題，影響了許許多多的原住民人口。

在一個文化比起許多歐洲國家都來得單一的社會上，芬蘭不但有種族歧視，甚至有種族暴力的問題。在芬蘭的伊拉克人、阿富汗人、俄羅斯人、索馬利人和羅姆人都很容易淪爲施暴的對象。整體來說，二〇〇九年至二〇一八年間，出於種族仇恨的犯罪率有下降的跡象，但遺憾的是相關案例始終存在，而且在我們旅居的北卡累利阿是最多的。此區經濟蕭條，外來群體的規模相對較小，爆發的衝突卻最多。

根據歐洲反種族歧視及反排外委員會（European Commission Against Racism and Intolerance）二〇一九年的報告，芬蘭「在大眾輿論中，種族歧視和排外的仇恨言論越演越烈，主要針對的是政治難民和穆斯林族群」。反諷的是，在芬蘭這個極力推崇和標榜職業婦女的社會上，有些女性新住民覺得自己若是不盡快進入職場，就會引人反感和受到歧視。芬蘭政府的平等監察使（Equality Ombudsman）於二〇二〇年的報告中指出，五位非裔人士當中就有四位曾因膚色在芬蘭遭到歧視。該份報告宣稱：「我們的社會有著根深蒂固的種族主義。即使我們沒注意到或不願承認，我們的思考和行爲模式都帶有濃濃的種族主義色彩。」②

② https://syrjinta.fi/en/-/report-of-the-non-discrimination-ombudsman-racism-and-discrimination-everyday-experiences-for-people-of-african-descent-in-finland

根據芬蘭出生的作家瑪麗揚・阿卜杜勒卡里姆（Maryan Abdulkarim）：「外來族裔有時是芬蘭的驕傲，但很不幸這份榮耀並不適用於索馬利人。」她在二〇一九年的文章中寫道：「這些年來，在校園、公共空間和政治修辭當中，『索馬利人』一詞不時在我周遭出沒，也曾躍上新聞標題。這個詞語鮮少帶有中性或正面的意味。在血統上，我其實是索馬利人。而對某些芬蘭人來說，『索馬利人』一詞是罵人的髒話。」③

同年，阿卜杜勒卡里姆後來在《從政者》（*Politico*）網站上一篇題爲〈芬蘭不是女性烏托邦〉的文章中，寫到芬蘭的性別進步並非完成式，而是還在努力中：「俄芬軍事衝突的冬季戰爭從一九三九年十一月打到一九四〇年三月，戰後有大批女性湧入職場，協助國家支付欠莫斯科的戰債，此後女性就一直留在職場上。但究其根本，芬蘭社會絕非性別平等的社會。從過去到現在，職業都帶有性別刻板印象——有所謂男性化的工作和女性化的工作。而且，就跟其他地方一樣，即便從事的是一樣的工作，兩性的酬勞卻有很大的落差。」④但在世界經濟論壇（World Economic Forum）二〇二一年的全球性別差距年度報告中，芬蘭傳出了好消息：

「資深及高階管理職的女性占比是芬蘭今年有所改善的一個重要領域，目前女性占總數的三十六．九%，增加了大約五個百分點。」⑤

最後還有心理健康的問題。在我看來，這似乎很矛盾，畢竟芬蘭位列世界上最快樂的國家之一，我在這裡又碰到了這麼多看起來很平靜、滿足且充滿自信的人。根據北歐部長理事會（Nordic Council of Ministers）和哥本哈根的幸福研究院（Happiness Research Institute）二〇一八年的報告，在十八歲至二十三歲的芬蘭年輕人當中，約有十六%的女性和十一%的男性表示他們活得「很掙扎」或「很痛苦」⑥。二〇一九年，在二十幾歲的年紀飽受憂鬱症之苦的芬蘭藝術家琪爾希－瑪

---

③ Maryan Abdulkarim, “Somalian: A Column,” YLE News, July 16, 2019, https://yle.fi/uutiset/osasto/news/somalian_a_column_by_maryan_abdulkarim/10875708

④ Maryan Abdulkarim, “Finland Is No Feminist Utopia,” *Politico*, December 12, 2019, https://www .politico.eu/article/finland-is-no-feminist-utopia/

⑤ World Economic Forum, “Global Gender Gap Report, 2021,” http://www3.weforum.org/docs/WEF_GGGR_2021.pdf

⑥ “In the Shadow of Happiness,” 2018, http://norden.diva-portal.org/smash/get/diva2:1236906/FULLTEXT02.pdf

莉亞・莫巴雷（Kirsi-Marja Moberg）向英國廣播公司（BBC）記者曼蒂・沙維奇（Maddy Savage）剖白道：「當你生活在一個像芬蘭這樣生活品質這麼好的國家，你幾乎覺得自己沒有憂鬱的權利。」根據沙維奇的報導：「比起一九九〇年代，芬蘭的自殺率降低了一半，而且在各個年齡層皆有降低的跡象——之所以有這種轉變，是因爲芬蘭在情況最嚴峻時發起了遍及全國的自殺防治運動，並輔以對憂鬱症的先進治療方式。」但沙維奇也補充道：「芬蘭的自殺率還是高於歐洲的平均值。」[7]有些人認爲，或許是「快樂國家」的名聲加上芬蘭人不願表露情緒的民族性，導致芬蘭人（尤其是年輕人）很難承認自己有憂鬱症或其他心理健康問題，也就很難主動尋求治療。

然而，與此同時，芬蘭在社會進步和性別平等上卻交出漂亮的成績單，無論是政治、教育或社會，各方面的表現都很出色，尤其是與其他已開發國家相比之下。近來，這個國家才在女性的教育程度上位列世界第一。目前，在芬蘭的大學畢業生人數中，女性占比過半。女性較之男性的勞動參與率爲八十八・五%，相形之下，歐盟國家的平均值爲八十一%，全世界的平均值則爲六十五・八%。

在世界經濟論壇二〇二一年的全球性別差距年度報告中，芬蘭是全世界性別差距第二小的國家，排名僅次於同爲北歐國家的冰島。相形之下，在全球一百五十六個國家中，英國排名二十三，美國排名三十，而日本排名一百二十。二〇一九年，女性在芬蘭國會占了四十七%的席次。到了二〇二一年，芬蘭有整整一半的政府部長職位皆由女性出任。⑧

以全球標準而言，芬蘭的遊民率、兒童貧窮率、犯罪率和監禁率都奇低無比。芬蘭的公共托育、老人照護、教育、健保、失業保險和有薪育嬰假的福利，在全世界都是數一數二地好。

在世界經濟論壇的全球社會流動性報告中，以下一代能比上一代享有更好的人

---

⑦ “Suicide rates in Finland”: Maddy Savage, “Being depressed in the ‘world’s happiest country,’” BBC, September 25, 2019, https://www.bbc.com/worklife/article/20190924-being-depressed-in-the-worlds-happiest-country

⑧ World Economic Forum, “Global Gender Gap Report, 2021,” http://www3.weforum.org/docs/WEF_GGGR_2021.pdf

生來衡量，丹麥在八十二個國家中排名第一，芬蘭和挪威並列第二，德國和法國分別排名十一和十二，英國排名二十一，美國則位居第二十七名[9]。非政府組織自由之家（Freedom House）在二〇二〇年針對兩百一十個國家和地區進行分析，結果發現芬蘭、挪威和瑞典的公民享有全世界最好的參政權和公民自由，三個國家都在滿分一百分中得到了一百分[10]。

在立法上，芬蘭有計畫要改革該國的跨性別法案（Trans Act）。目前，按照這個令人匪夷所思的法案，爲自身性向尋求法律認同的芬蘭人，必須先經過多年的心理健康評估，而且，除非他們本就不孕，否則必須強制節育。在二〇二〇年出版的《芬托邦》一書中，丹尼・道靈和安妮卡・柯琉林寫道：「除了這個備受矚目的法案以外，芬蘭在承認彩虹族群的權利以及相關的政策上，整體而言都非常好（儘管不如挪威），也比多數西歐、中歐和南歐國家好很多。」[11]

二〇〇〇年，塔里婭・哈洛寧（Tarja Halonen）獲選爲芬蘭第一位女性總統。接下來，她當了整整十二年的總統，在此期間，芬蘭也有了第一位女性總理安內莉・耶滕邁基（Anneli Jäätteenmäki）和第二位女性總理瑪麗・基維涅米（Mari

Kiviniemi）。二〇〇七年，芬蘭的內閣成員首度女多於男——女性十二人、男性八人。

與一般刻板印象相反，芬蘭絕非社會主義國家。所謂社會主義通常意味著政府干涉自由市場、打壓投資行爲、打擊創新事業和限制基本人權。

但事實上，二〇一九年《紐約時報》一篇社論的標題就寫著〈芬蘭是資本家的天堂〉，芬蘭出生的安努·帕塔能（**Anu Partanen**）和她的夫婿崔佛·柯爾森（**Trevor Corson**）寫道，像芬蘭這樣的北歐國家明白「如果員工獲得優渥的報酬，又有高品質、對人民負責的公共服務協助每個人活得健康、有尊嚴，不止自己享有平等的機會，子女也能享有平等的機會，資本主義才會發揮比較好的效果」。他們引用了摩根證券投資信託股份有限公司（**J. P. Morgan Asset Management**）的一份報

---

⑨ https://reports.weforum.org/social-mobility-report-2020/social-mobility-rankings/
⑩ "Freedom in the World Report," 2020, https://freedomhouse.org/countries/freedom-world/scores
⑪ Dorling and Koljonen, *Finntopia*, p. 209.

告，點出北歐國家不止「就跟美國一樣有利於商業活動」，而且在保護私有財產、開放貿易往來和貨幣流通等方面的經濟自由度也更高。根據帕塔能和柯爾森的說法，在芬蘭「萬事可行」，「日常生活的一切都安排得好好的，不用你傷腦筋」[12]。

如果資本主義有它該有的樣子，那麼芬蘭就展現出它該有的樣子了。

---

⑫ Anu Partanen and Trevor Corson, "Finland is a Capitalist Paradise," *New York Times*, December 7, 2019, https://www.nytimes.com/2019/12/07/opinion/sunday/finland-socialism-capitalism.html

19 國旗飄揚的日子

我開始注意到芬蘭國旗定期就會在各處冒出來，接著又在第二天消失不見。我心想：芬蘭人眞的很愛國。

後來我才知道，這是因爲一年到頭至少有二十四個芬蘭國旗日，包括文化日、文學日、夏季詩歌日、兒童權利日，還有三個獻給芬蘭傑出女性的日子——三月十九日是獻給十九世紀劇作家及性平運動人士明娜．康特（Minna Canth）的社會平等日，八月九日藝術日則是獻給朵貝．楊笙（Tove Jansson），就是她創造出嚕嚕米系列住在森林裡採蘑菇、採莓果的角色。

十月一日的國旗日則是公民參與日，爲的是紀念明娜．席蘭巴（Miina Sillanpää）這位在一九二六年成爲芬蘭首位女性內閣部長的婦運人士。她在一八六〇年代的全

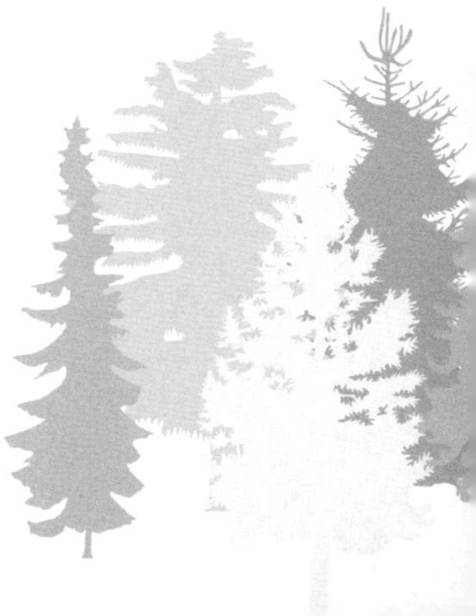

國饑荒期間出生於一個農民家庭，曾在工廠當童工，後來成爲政治、社會民主和性別平權的改革家。她當了三十八年的芬蘭國會議員，也當了將近五十年公務員協會的主席。她爲職業婦女的權利喉舌，並創立了庇護單親媽媽和單親小孩的婦幼院（ensikoti）。

時至今日，在全國持續不斷追求社會正義的道路上，像她這樣的女性仍是芬蘭人的一大啓示。

20 全家出遊

她騎著腳踏車，穿過濛濛細雨，從一片昏暗的天色中現身。她的腳踏車上綁了個籃子，籃子裡裝了個兩歲大的小女孩。

「眞高興你們能來！」她呼喊道。

她的名字叫伊勒梅莉．穆斯塔拉迪（Irmeli Mustalahti），是一位享譽國際的自然資源管理教授，也是東芬蘭大學師範學院實驗小學的學生家長，她的八歲兒子和我們的八歲兒子在學校很快就成了朋友，儘管雙方都還不會說彼此的語言。她那高雅、尊貴的美令人聯想到拉斐爾或波提且利的畫作。就如同我認識的許多芬蘭女性，她整個人散發出冷靜、自信、堅毅、滿足和恬淡的氣質。

我心想：或許她們都受到新鮮空氣和森林的薰陶。

一天，午餐時間，伊勒梅莉告訴我：「小時候，森林就是我的遊樂場。在那個年代，爸媽不會送我到處去上才藝班。我五歲大就開始一個人去森林裡滑雪、爬山、摘莓果、採蘑菇。家裡的貓狗一路跟著我，也一路守護我。我只迷路過一次，而且很快就又找到路了。森林裡沒什麼好怕的。在芬蘭，只有政客和都市俗才怕森林。就跟許多芬蘭人一樣，我們家的土地上就種了很多樹，這些樹可是我們的搖錢樹呢！我的父母靠種樹、砍樹、賣樹賺錢。樹木是我們家主要的收入來源。在照顧『搖錢樹』的過程中，你學會尊敬大自然。」她補充道：「我有癲癇，壓力大就會發作。所以，即使到了今天，在神經和心理方面，森林對我來講依舊是很重要的療癒聖地。」

伊勒梅莉除了跟我同爲公立學校學童的媽媽、爲我擔任芬蘭當地習俗的嚮導以外，也是一位專攻自然資源管理的教授，更是一位全世界頂尖的社會科學家。前一年，她才榮獲芬蘭國家科學院❶的社會影響力大獎。在人類與大自然的互動方面，她是一位行遍全球、見多識廣的專家，常常從約恩蘇前往位於紐約的聯合國總部或坦尚尼亞、尼泊爾、墨西哥、莫三比克和寮國等地，促進政府、企業界、年輕人與社區之間在自然資源管理上的合作。

在這個早秋的夜晚，伊勒梅莉在市民廣場附近和我們一家人碰頭，大夥兒再一起前往皮耶利修齊河中央的伊洛薩里島（Ilosaari），她邀我們參加的戶外電影音樂節就快在島上的活動地點展開了。

但這天下了一整天的雨，我很訝異活動還沒取消。沒道理不取消啊。

我問：「天氣不好，他們會把場地改到室內嗎？」

「爲什麼要改？當然還是在戶外啊！」伊勒梅莉詫異地說：「我們都穿了雨天該穿的衣服。別忘了，我們芬蘭人有句話說：沒有壞天氣，只有不對的服裝。」伊勒梅莉的兒子感冒了，但他不想關在家裡，錯過這場盛會。他打了個噴嚏，他媽媽說：「殺不死你的使你更堅強。」

芬蘭人可是認眞篤信這些諺語，認眞到一天數次下課時間送全國的學童到戶外十五分鐘，無論颳風下雨還是大雪天，也不管氣溫是不是降到零下十度。

❶ Suomen Akatemia，芬蘭政府資助的科學研究機構，每年投入兩億六千萬歐元鼓勵芬蘭的研究活動。

我看到前面通往小島的橋上有長長的人龍，當地人攜家帶眷、呼朋喚友，不屈不撓地踩過泥濘的地面，舉步維艱地爬上斜坡，朝活動場地邁進。

到了那裡之後，我不敢相信自己的眼睛。就算天候不佳，還是有成群結隊的男女老幼，無怨無悔地站在戶外淋雨，泰然自若地等著超大型銀幕上開始放映電影。更令我大開眼界的是，一旁還有一個移動式的小型泡澡池和底下有輪子的蒸氣室，一群赤身裸體的大人就泡在熱水裡，煞有介事地邊喝香檳邊放鬆。

在世界上的許多地方，這種天氣只會讓人想跑去躲雨。但在芬蘭鄉間，此時帶著你心愛的人（包括小小孩）一起去看露天電影再正常不過了。

伊勒梅莉介紹道：「接下來要放的是一部科利國家公園的短片。從這裡往北走一小時就是科利國家公園，影片會介紹那裡的森林和山區。」影片開始了，喇叭響亮地傳來西貝流士《芬蘭頌》莊嚴的前奏，銀幕上浮現科利國家公園壯麗的景色。

四周的觀眾看得如癡如醉。在河中央的一座小島上，我們暴露在大自然之中，站在瀰漫著濃霧和雨絲的戶外，腳下踩著一地的泥濘，觀賞著一部關於森林的影片。

我問伊勒梅莉，這座島的名字「伊洛薩里」是什麼意思。
她微笑道：「芬蘭文『喜悅之島』的意思。」
當然要叫喜悅之島了，我心想，這名字取得很有道理。

21 黑暗裡的光

到了十一月中旬，芬蘭旋即陷入冬天又黑又冷的深淵之中。

突然間，北歐秋天的宜人氣候從大地上消失，黑暗與泥濘像一部子彈列車般轟一聲撞向卡累利阿。

聽聞許多芬蘭人始終不適應黃昏在下午就降臨的事實，我覺得很訝異，有些人甚至想到接下來四個多月的冰冷與黑暗就悶悶不樂。但我也看到許多芬蘭人從容面對冬天——上班族越野滑雪去上班，許多婦女拄著北歐健走杖，健步如飛地走在雪地裡。

在這種氣候之下，你不能只是坐等冬天過去。日子還是要過。我在家從廚房窗口看到外頭白雪皚皚的人行道，老人家借助步行器一步一步往商店挺進，那幅畫面

鼓勵我也要勇往直前才行。

看到約恩蘇有無數的大人、小孩都騎著腳踏車，穿梭在結冰積雪的街道和巷弄之間，一副氣定神閒的樣子，我覺得很神奇。我們的兒子念的小學有半數學生都騎腳踏車上學，就連七、八歲的小朋友也不例外，而且還是在氣溫只有零下十度的時候。二〇二〇年，就在爆發新冠疫情之前，約恩蘇原將舉辦一年一度的冬季自行車大會（Winter Cycling Congress），若是辦成了的話，這會是一個小眾同好的盛會。

本來我預計到了冬天我會心情鬱悶，此時正是我按下退出鍵、隻身逃回紐約的時候。但在芬蘭朋友們的幫助下，我的感覺恰恰相反——在我們位於魔幻森林的家裡，我的心情既放鬆又滿足。這裡的冰冷與黑暗遠不如我在紐約習慣了的情況嚴重。

由於這座城市地處荒野，北卡累利阿的黑暗顯得很天然，沒什麼街燈和人爲的光害。事實上，這裡一片漆黑。下午四點半，走路去接兒子放學時，我按照當地冬天的傳統，在保暖的大衣外頭穿了一件胸前有反光條的黃色背心。唯有看到狗狗身上閃爍的小燈和飼主身上的反光條，我才知道有人在街上遛狗。唯有看到法律規定要裝的車頭燈，我才會注意到有人騎著腳踏車經過。

這時，我才體認到「光」存在的意義——原來珍貴的光在一片漆黑中有這麼鮮明生動的效果，也難怪教堂裡點蠟燭的儀式很重要。我這輩子都生活在充斥著人造光線的大都市。光外有光，此起彼落的光線幾乎蓋過彼此。在一年當中的這個時節，曼哈頓全城閃爍著聖誕燈飾，洛克菲勒中心的聖誕樹裝飾了五萬顆燈泡。市景和聖誕樹都很美，但那是另一種不同的美。北卡累利阿的光線與黑暗更天然，也更動人。多虧了這份純粹的黑暗，我更懂得欣賞光亮的意義了。

十二月初，我們一家人搭火車去羅瓦涅米（Rovaniemi）玩了一趟。羅瓦涅米是芬蘭北部拉普蘭地區的首府，我們得先從約恩蘇坐四小時半的火車，南下到赫爾辛基，再搭往北的隔夜臥鋪列車到拉普蘭。在拉普蘭，我們看到了令人歎爲觀止的北極光，還坐了雪橇犬拉的雪橇、玩了滑雪胎，也去北極圈裡的聖誕老人村騎了馴鹿。我們的兒子在芬蘭滿八歲，度過了人生中最快樂的一個生日。芬蘭的全國大眾運輸系統水準一流，行駛於各個大站之間的火車乾淨、舒適又迅速。我們的兒子把握機會，享用火車上專爲小朋友設置的迷你遊樂場和圖書館，我們當父母的也很享受屬於自己的時光。

我們的火車無聲地奔向北方，奔向世界的屋頂，奔向世界上唯一官方認證的正牌聖誕老人村，我凝視著窗外，幽幽想著一片朦朧的冰雪森林。

我不禁暗自讚歎：我就坐在眞正的北極特快車上呢！

22 覺醒

我感覺得到自己在改變。

六個月的旅居生涯來到尾聲，我覺得自己就像脫胎換骨一般。我升級成奈保美2.0，誕生了新版的我自己。

十二月是節慶的月份，也是我們告別芬蘭的時候，更是我反思姐妹情誼、母職和人生新方向的時候。這片陌生的土地已經成爲我靈魂的一部分了。

夏天，我們一家初抵芬蘭的這個偏鄉地區時，我是一名生於東京的女子、曾任行銷主管、現爲人妻和全職在家的媽媽。我有一個生於紐約市的老公和一個七歲大的兒子。

在這之前，我在紐約生活了二十五個年頭。紐約，一座令人應接不暇、追求高

成就、必須努力自我推銷、充滿感官刺激之城。這座城市是藝文活動的烏托邦，擁有世界上最豐富的博物館、音樂會、餐廳、藝廊和多元文化。許多時候，我都深愛這座城市。但這裡也是出了名的壓力鍋，以噪音、壓力和擁擠的居住空間聞名於世。就連包尿布的小孩都難逃激烈競爭的魔掌，爲了搶到菁英幼稚園的名額，學步兒和父母們無不擠破了頭。

我在交織著喜怒哀樂、個人成就、愛與美、衝突與競爭的曼哈頓交響樂中活了那麼久，早就對這一切習以爲常。如今我才恍然大悟，以截然不同的方式過生活是有可能的，而且，在許多方面，我都越來越欣賞這種生活方式了。

截至目前爲止，美、日兩國的生活背景塑造了我——我的童年到青春期在日本度過，大學到入社會以後則在美國度過。相形之下，現在的我生活在人煙稀少、綠意盎然、超凡脫俗、安靜清幽的北歐，這裡有著聰明、迷人、堅毅而樸實的人民，社會結構的基礎與美國截然不同——北歐社會不是建立在彼此競爭之上，而是建立在社區互助之上。在我看來，兩種結構都不完美，但有很多值得互相學習的地方。

還記得曾經有人對我說，小孩子是無法選擇父母的。在芬蘭旅居幾星期後，我體認到人通常也不能選擇自己的社會，而社會對你這個人和你的生活方式有著莫大的影響。

我開始會去問我在當地的新朋友知不知道生在芬蘭有多幸運，幾乎人人都回我說「知道」，而且不用我引導，他們就會說因爲芬蘭有很棒的學校、健保、社會福利、爲民服務的政府，還有壓力相對較小又崇尚自然的生活風格，令他們樂在其中。

在美國，「福利國家」（welfare state）一詞儼然淪爲笑柄，它令人聯想到的是騙取社會福利、用食物劵白吃白喝、偷政府的錢開凱迪拉克的負面形象。但在芬蘭，「福利國家」的標籤是一枚愛與同理心的榮耀勳章，代表這個社會的全體成員都受到照顧。我一次又一次聽到芬蘭人用「我們要守望相助」「我們都是一體相連的」之類的理念解釋他們對於合群、平等的看法。

我漸漸了解到，在芬蘭，大自然就是最奢華的私人奢侈品，而且這件奢侈品到處都是、人人皆可享用。世界上最先進的社會似乎把大自然看得和私人財富與資產的累積同等重要，我不禁玩味著其中的矛盾之處。

就爲人父母而言，這裡也改變著我。七歲的兒子第一天自己走路去上學時，外子和我看著他小小的身影消失在地平線那頭，自己一個人踏上穿越八個街口、一個圓環和兩條繁忙大街的上學之路。我覺得既緊張又驕傲，因爲我們夫妻都知道他做得到，就像芬蘭的每個孩子一樣。

現在，我越來越相信所有的公立學校都該竭力爲孩子提供一流、平等的服務，並將老師視爲一流的專業人士，就像芬蘭這裡一樣。不久，《經濟學人》（*Economist*）就將芬蘭的公立學校評爲世界第一的學校系統。公立學校就能爲孩子的未來做很好的準備，以至於這裡幾乎沒有私立學校或教會學校，因爲這種需求幾乎不存在。

隨著我們的兒子去念芬蘭的公立小學，我發覺自己也從「紐約媽媽」模式切換到「北歐媽媽」模式，前者爲了孩子的課業表現、體育競賽和課外活動耗盡心力，後者則是偏向放牛吃草。看待課業和體育競賽，我多半都採取放手的態度。我相信他的老師們一定會做得很好，因爲芬蘭的老師都有教育碩士的學位，他們是訓練有素的課堂診療師和研究家，每天都會針對每個孩子的學習狀況做出個別的評估。

包括我們兒子念的學校，在芬蘭的每一所學校，孩子們每小時都有十五分鐘的下課時間，每天中午有一頓熱騰騰的午餐，班級皆採小班制，有工藝課、烹飪課、縫紉課、倫理課和外語課。在校，師生之間相處自在、相互尊重，孩子浸淫在充滿自信的氣氛下。紐約市的公立學校才剛開始實施免費午餐制，但在芬蘭，打從一九四三年起，免費午餐就已經成爲校園生活的日常了。

芬蘭是爲全體學童提供免費午餐的先驅，也是當今全世界的表率。芬蘭教育家帕思．薩爾博格（Pasi Salberg）指出：「學校提供免費午餐，對學生來講也是學習人生許多重要技能的好機會。舉例而言，在芬蘭，孩子們在午餐時間不止學到營養相關的知識，也學到不同的飲食文化和餐桌禮儀。多數學校更安排了每週一天的素食日，並採取零浪費的政策，教導學生我們吃的東西如何影響地球的健康。」

免費午餐好處多多，帕思也指出：「有越來越多的研究結果顯示，在課業表現和健康狀況雙方面，學校的免費午餐都帶來了更好的結果。加州的布魯金斯研究院（Brookings Institute）就有一項研究顯示，每天獲得學校供應營養午餐的學生在州測中的分數較高，符合午餐減價或免費資格的學生成績也進步得較多。其他研究則顯示，在爲全體學童提供免費午餐的學校，較少學生反覆遭到留校察看的處罰。」

在芬蘭，爲學童每天的健康快樂做出這個相對小額的投資，帶來的是無價的收益——在世界上最公平的學校系統裡就學，不止身體更健康，學習效果也較好。根據薩爾博格的分析，將近八十年來，這個影響深遠的社會創新政策之所以能落實到全國，主要歸功於「女性及婦女團體打從二十世紀初期以來的努力和智慧」。

我心想：美國的學校可以這麼做，也應該這麼做，要是美國的父母、老師和立法者都能親眼來芬蘭看一看就好了。每天放學後，我們的兒子就自己去上學費低廉的課後輔導班，課程主要圍繞著美術、手工藝、體育和戶外遊戲。在學校，體育課的其中一個活動是跟同學到森林裡，在老師寬鬆的監督之下，用地圖和指南針找路——也就是所謂的野外定向遊戲。

在約恩蘇玩了幾星期的野外定向之後，我們的兒子知道了許多我不知道的林中捷徑。我通常都走在前人踩出來的小徑上，想都沒想過要鑽進濃密的森林裡。一天，我們的兒子帶我走一條穿過森林的羊腸小徑，讓我看到從皮耶利修齊河河口附近的柯伊富涅門寵物公園（Koivuniemen koirapuisto）多快就能抵達另一邊林努拉赫提（Linnunlahti）的海灣。

我一邊學習採蘑菇和摘莓果的全民運動，一邊發掘芬蘭當地料理的樂趣、友誼和生活態度。

一開始，我不清楚芬蘭爲什麼被列爲世界上最快樂的國家之一。表面上看來，他們沒有比較快樂啊。事實上，許多芬蘭人的預設表情就是面無表情，偏向厭世臉的感覺。但我很快就明白到，他們的快樂不是活潑外向、開懷大笑的那種快樂，而是一種深沉的平靜與滿足，這種感覺源於生活在一個既有超高科技又與大自然緊密相連的社會。在這個井井有條的社會上，多餘的日常壓力降到最低，基本的社會福利又是全球數一數二的好。

這地方改變著我。我對「成功」的定義在改變。比起只是達到個人成就，社會上的每個人都能達到最大的成就或許才是眞正的成功。或許我們應該要以社會全體的幸福快樂來衡量個人的成功。芬蘭人繳的稅比美國人高出許多，但多數芬蘭人都認爲這是皆大歡喜的做法，因爲芬蘭人對政府提供的社會福利有很高的要求，每個人也都公平享有很好的社會福利，例如享有公立學校的教育資源。整體而言，這套制度造就了一個更好的社會。

我對財富的想法也在改變。除了金錢和物質資產，眞正的財富或許也包括有機會親近和浸淫在純粹的自然環境中，而這裡的人就有很多這樣的機會。芬蘭基本上就是一座巨型自然公園，連赫爾辛基的居民都離茂密的森林、天然的湖泊和靜謐的登山步道很近。眞正的財富也包括社會全體的福利——健保、兒童和長輩的照護、教育機會、運輸系統，以及全體公民的安全保障和永續發展。我體認到，像芬蘭這樣，公民和企業對公共服務的最低標準都能有更高的要求，才是資本主義眞正的精神及更完善的樣貌。底線應該是人民、生活品質和社會福祉，而不只是金錢。

我對放鬆和享受的想法也在改變。許多芬蘭人都有一棟湖畔避暑小屋或週末度假小屋。第一次聽說有這種事時，我不禁覺得這也太奢侈了吧。但很快我就發現這個國家到處是湖泊，誰要擁有一座湖畔小屋都很容易。小屋不是什麼氣派的豪宅或別墅，只是大小適中、簡單舒適的木造建築，有小小的廚房、餐廳和客廳，外加一間用來睡覺的臥房或閣樓。許多小屋是沒有自來水的。家庭成員輪流去井裡打水來。許多小屋也沒有電力或瓦斯加熱系統，只在廚房和客廳之間放置一個大暖爐，用樺樹枝當燃料——這就是整棟小木屋的暖氣裝置了。當你在寒冷潮濕的日子來到小屋，你只要把帽子、手套、圍巾和大衣都丟到烤爐上就可以了。

小屋通常附有一間靠湖邊更近的獨立蒸氣室。一年到頭，芬蘭人就從他們的小屋走到熱氣蒸騰的蒸氣室，依個人的喜好，待到全身都暖和起來或熱得受不了了，他們就走出蒸氣室，跳進湖裡或在厚厚的積雪中打滾，然後再回蒸氣室，如此反覆下去。

在紐約和世界上的許多地方，民眾常對不良的福利制度和無能的政治人物有所怨言。在芬蘭這裡，民眾也大可抒發他們的不滿，但似乎人人都相信彼此和國家的領袖會爲公共福利著想、爲全體社會做出正確的選擇。「信任」是芬蘭文化的另一個宗旨。「信任」一詞也常被用來形容芬蘭社會全體成員彼此之間的關係。我在想，創造一個蓬勃發展的自由市場，建立一個爲全體公民提供強大的社會福利、自由權利、安全保障和美好生活的資本主義民主政體，或許眞的是有可能的。

從我在日本的兒少時期、在美國的成年時期，轉換到這個截然不同的社會結構中，在自然環境、寂靜的氣氛和富有啓發性的人物包圍下，我感覺得到自己的態度和個性也在改變。現在，我們一家的芬蘭之旅接近尾聲，我發覺自己不再是同一個人了。我的人生按下了刷新鍵。我的靈魂得到了滿滿的養分。

但我還是參不透這個遙遠小國的祕密。到底是僥倖、巧合，還是意外呢？不到一百年的時間，這個國家如何在性別進步、人權、幸福、自由、安全、秩序、識字率和法律等許多方面達到這麼大的成就呢？而我在這裡又爲什麼感覺這麼快樂、這麼沒有壓力呢？

最後，我終於知道答案了，或至少是一部分的答案。當地人很少把這件事掛在嘴邊，因爲芬蘭人本來就是出了名的謙虛、不愛自我推銷。何況這件事早已深植在他們的民族性當中，所以對他們來講稀鬆平常得很，但對全世界來講卻很新奇。

如此看來，一切都有道理了。

與其他許許多多的國家相比，這個國家的獨到之處，就在於它是由女性奠基、建立、形塑、呵護和治理的。

23 大紐約小芬蘭

是時候返回紐約了。

我人生中的芬蘭篇章似乎完結了。

我很高興回到曼哈頓。一樣是冬天，但這裡的白晝感覺比卡累利阿長了許多。我告訴自己：一切都是相對的。我重新懷著興奮的心情迎向這座城市，擁抱它的多樣化及便利設施。在芬蘭行之前，我可能不太懂得珍惜這一切。

但我很快就莫名懷念起採蘑菇來了。離開約恩蘇之前，我的一群卡累利阿馬大姐妹們給了我一份臨別贈禮當作紀念，那是她們親手採來、自行烘乾、真空包裝的蘑菇。回到紐約後，我開了一包，陶醉地聞著那股鮮明的大地氣息，然後炒了一盤蘑菇、淋上幾滴白樺茸液來品嚐。我在想，不知道在紐約地區或遠一點的地方，是

不是也有蘑菇採集的團體呢？

我在Google輸入「紐約蘑菇採集」，很訝異第一條搜尋結果就中獎了——作曲家約翰．凱吉（John Cage）六十年前就和其他菇菇愛好者成立了紐約眞菌協會（New York Mycological Society），這群忠實菇迷的基地不在別的地方，就在紐約市。網站上說，他們的徒步採菇目的地搭大眾運輸工具就到得了。太不可思議了。我立刻就加入成爲會員，並參與他們在中央公園和紐約市各個公園的行程。

第一次的採菇行是在冷得要命的元旦日。我早早就到九十五街和中央公園西街交會處的會合地點，心想搞不好只有我一個瘋子會來吧，但二十多位的蘑菇獵人陸陸續續都到齊了，而且，其中有一半的人幾小時前才剛跑完除夕夜的四英里（約六公里）夜跑！採菇行程結束後，協會當時的會長、傳奇眞菌學家蓋瑞．林科（Gary Linco）和他太太艾琳邀請我們到他們府上，享用一頓由蘑菇湯和其他美食佳餚組成的新年大餐。幾星期後，協會在一個祕密地點辦了羊肚菌❶早餐的年度活動，吃

❶ Morel，大型食用真菌，有菇中之王的美譽。

完早餐後也有羊肚菌採集之旅。紐約總是令我驚奇不已。

初春的某一天，在我們位於九十六街的公寓對面，我注意到遊樂場的圍籬上貼了一張園藝志工日的海報。外子和我成天在那裡看我們的兒子和鄰居小朋友玩。在這個遊樂場度過這麼多的時間，我從來不曾注意到周圍嬌滴滴的花圃和一叢叢的綠色植物。

志工日那天，我見到三位住在附近的長期園藝志工。她們的小孩都長大了，不會在那個遊樂場玩，但蒔花弄草是這三位女志工的興趣，她們懂很多植物相關的知識，也希望自家附近有個美麗迷人的公園。她們關懷這個社區。本來有位太太住在遊樂場對面九十五街上的褐石屋，這位太太成立了一個美化公園的地方組織，差不多在相同的時間招募到這三位女志工。幾年後，創辦人搬走了，但其他志工留下來繼續她的志業。

遊樂場的小花園成了我家後院。接下來幾星期，我成爲守護這座小花園的園長，和紐約市公園及休閒設施維護部一起監督植樹和修葺的工程。我參加了紐約市公園基金會主辦的工作坊。我和其他園藝志工密切合作，向基金會申請了一筆爲公園購買植物的補助金。有了這筆補助，我們不止買了杜鵑花樹苗，也向一家叫做TerraCycle的回收公司買了菸蒂桶。我們把菸蒂桶裝在面向人行道的金屬柵欄上，常有癮君子在前往地鐵站的途中把菸蒂丟在這裡。TerraCycle爲我們寄回的回收菸蒂提供郵寄標籤和預付郵資，我們可以從他們的官網看到我們回收了多少菸蒂。

我在偌大的紐約市爲自己創造了一個小芬蘭——一塊姐妹情誼、志願工作和接觸大自然的私人綠洲。當然，這些東西都不是芬蘭獨有的，美國和其他國家都有，而且規模還更大。但芬蘭讓我更懂得珍惜自己在這座後院裡的一切。

在許多方面，芬蘭的森林和婦女都啓發、改變了我。我窺見了大自然、姐妹情誼和食物爲身心靈補充養分的力量。

我看到一個高度現代化的高科技社會是如何珍惜大自然、童年歲月和家庭時光。我看到小小孩是如何受到大人的信任，自己管好自己、從遊戲中學習、許多事情都靠自己完成。我加入芬蘭全國父母的行列，相信孩子就該當個孩子，童年就該是健康快樂、發現新事物的時光，不該充滿壓力、競爭和努力用功。我學會當個放鬆的媽媽。

不管是在東京度過的童年，還是在伊利諾州和紐約度過的成年歲月，芬蘭都讓我有更深的省思。芬蘭讓我體會到各個文化的同異。一如詩人艾略特（T. S. Eliot）所言：「探索無止境，每一場探索的終點，都是下一場探索的起點。」①

最重要的是，外子、兒子和我一起生活在一個由傑出女性攜手打造、共同領導的社會上。這些女強人讓我更懂得欣賞我這輩子在日本、美國和全世界見識到的女強人，以及支持她們的男人。

芬蘭讓我看到要建立一個對女性、兒童、母親和家庭超級友善的社會是有可能的。不但有可能，而且這樣的社會眞的存在。這個婦幼烏托邦不是遙不可及的理想，而是每天活生生的現實。在世界的邊緣，就有這麼一個小小的國家、蓬勃發展的民主政體，它讓我明白所有的男女老幼都值得擁有一個像這樣的社會。這一切再正常不過，也再合理不過。

旅居芬蘭令我大開眼界，我見識到性別平等和傑出、自信的女強人塑造社會的力量。

---

① Sunil Kumar Sarker, *T.S. Eliot: Poetry, Plays and Prose* (Atlantic, 2000), p. 154.

24 重回職場

一回到紐約市，我就要迎向人生的重大改變了。

當了幾年的全職媽媽之後，現在是時候重回職場了。

去芬蘭之前，我就已經希望能二度就業，但在芬蘭度過的時間更加強了我再創職涯第二春的渴望。

懷孕時，我就知道自己想花至少三年的時間，當一個在家育兒的家長。日本人有句話說：「三歲養成的人格跟著你到一百歲。」這句話就類似西方人說的：「搖籃裡學到的東西跟著你到棺材裡。」我的媽媽是一位全職媽媽，以那個年代來講，這是很典型的現象。成長過程中，我也很喜歡有她在家。我希望至少從嬰兒期到學步期，我能陪在我們的小孩身邊。孩子的成長很神奇，我不想錯過任何一刻。我很

珍惜為人母親的育兒時光。不知不覺間，三年變成了五年，五年又變成了七年。

接著，在當了八年的全職媽媽以後，我準備迎接新的挑戰了。我需要賺錢，也想要賺錢。我開始找工作。上網應徵徒勞無功。我的履歷多半都掉進數位黑洞裡不見了。

我試過職業介紹所和人力銀行。多數面試官都認為我「太資深」「脫離職場太久」或兩者皆有。現實很殘酷。軟體全都改版過了。以前我很會用微軟的 Excel，但最新的版本令我很挫折。一切的一切都重新整理、重新標記、重新設計過了。我看得一頭霧水。為了精進自己的技能，我去紐約公共圖書館上 Excel 和其他各種電腦課程。

一位招募人員說：「妳把『高級主管行政助理』列為妳適合的職位，但我認為妳沒辦法在別人手底下做事，因為妳自己就當過很多年的主管。」我聽了她的意見很吃驚。她怎麼知道我做不來呢？絕對沒有這回事。我跟她解釋說，我的情況不同了，我很樂意為一家大公司的執行長或總裁做事，而且我自認擁有相關職位所需的能力與經驗。無論我說什麼，她都抱定了她的想法。

我透過另一家人力銀行應徵一份基層的後勤職位。看過工作內容之後，我知道自己能夠勝任。而且，我是打從心裡欣賞這家零售商。在第二次面試的過程中，面試官請我再介紹一次過往的工作經驗。待我介紹完之後，他說：「妳以前從事的廣告工作講求創意發想，跟妳應徵的這個職位天差地遠。這份工作很枯燥、很沉悶，妳確定妳想來嗎？」我說我確定，也解釋了爲什麼，但還是沒有錄取。

後來有一天，我看到一個爲期兩個月、需要懂日文的職缺。我懂日文。徵才的是曼哈頓首屈一指的時尚美妝媒體公司。跟其他徵才廣告不同，這一則沒有線上填寫履歷表的連結。這家公司我很熟。我稍微研究一下就寄了求職信過去，附上量身打造的履歷表。兩天後，我收到一位一級主管回覆的面試邀請函。我google了一下這位主管，發現我們對身心健康有共同的熱忱。如果有機會，我很樂意跟她這樣的人共事。我回了一封雖簡短但很熱血的email。

我一走進她的辦公室，我們立刻就一拍即合。她很聰明、很熱情，整個人充滿了活力與自信。我向她介紹了我跨語言、跨文化的專業背景，心想我的資歷遠超過這份工作所需。我坦白跟她說我離開業界已經多久了，並告訴她我能以兼職的方式給她多少協助。她雇用了我。結果我們合作得很愉快，原本的兩個月任期變成一年，一年後她又請我轉爲正職員工。如今，三年過去了，我還是用遠距的方式爲同一家公司工作。而且，我熱愛在那裡的工作。

有了芬蘭森林裡的北歐姐妹給我的啓示與信心，我從自己身上找到了展開人生新篇章的力量。

在美國，我們一家透過爲兒子報名紐約芬蘭學校的語言文化課程，保持我們和芬蘭的關係——是的，紐約還眞的有一所芬蘭學校，主要服務的對象是父母當中至少有一人是芬蘭人的孩子。我們也去參加芬蘭領事館和芬蘭團體辦的文化活動。芬蘭人的圈子雖小但很有活力，也非常以自己的文化爲豪。在二〇一七年芬蘭基金會（**Finlandia Foundation**）的芬蘭獨立一百週年紀念活動上，我在曼哈頓西村克里斯多福街的芬蘭教堂地下室廚房裡，幫忙烤了八百多個卡累利阿派。八百多個派一烤好就飛快送到一間快閃咖啡館去，結果還不到中午就賣光光了。

在俯瞰中央公園的芬蘭大使官邸舉行的獨立紀念日招待會上，我認識了明艷動人、身材高䠷的安娜。她穿著一席卡累利阿傳統裙裝，擦了大紅色的口紅，在人群中顯得很出眾。我們因爲她的家鄉很快就擦出友誼的火花。她的外公在卡累利阿出生，但他和家人在二戰期間不得不逃走，後來就不曾回去過，因爲卡累利阿很多地區都被蘇聯占領了。我在約恩蘇也從一些人口中聽過相同的故事。

雖然她的家人絕口不提那場戰爭，在她童年的家裡也沒有卡累利阿的痕跡，但安娜告訴我：「我天生就爲卡累利阿的文化、音樂、食物和美學著迷。我收集卡累利阿的傳統民族服飾，也愛唱卡累利阿的傳統歌謠。」這就是她向自己的文化根源致敬的方式。正如同許多的芬蘭夫妻，安娜的雙親各有各的事業——她的母親是演員，父親則是有機農夫。有時候，媽媽若是忙於演藝事業，爸爸就一邊照顧農場，一邊父兼母職帶孩子。在這樣的家庭環境中長大，她親眼見識到父母可以如何分工合作、平起平坐。

安娜是芬蘭時尚公司瑪莉美歌（Marimekko）的高級主管，在美國和芬蘭都住過、工作過。我問她性別平等對她來講的意義是什麼，她說「平等的精神在芬蘭文化和整個社會中根深蒂固，作爲一個不可或缺、沒得商量的社會基礎，性別平等就體現在健康照護、高品質的教育等全民共享的基本社會福利之中」。她解釋道，不用背負大學學費的債務讓她沒有經濟壓力，也讓她可以根據個人的夢想選擇職業，不必出於經濟需求去做不想做的工作。

按照安娜的邏輯，我明白到社會要爲每位公民提供從生到死各個階段的必備工具和基本福利，才能在性別、種族、文化、年齡和血統等層面創造全面的平等。

安娜承認芬蘭尚未達到完全的平等，還有很多地方需要努力。但她認爲前景一片光明，這個國家一直在朝一個性別越來越平等的社會邁進。她說：「芬蘭是個小國，所以我們一定要很務實。民主需要每個人的參與。」

隨著時間過去，我發覺自己越來越欣賞紐約市，但同時也越來越想念芬蘭了。

我知道我一定要回到芬蘭卡累利阿的大自然和姐妹情誼的懷抱中，爲自己補充精神的食糧。

我非回到那片魔幻森林不可。

25 銜接過去和未來的入口

「我很抱歉，但你們不能登上這班飛機。」

在紐約空蕩蕩的約翰·甘迺迪國際機場，我、外子和現年十二歲的兒子帶著登機證和十大箱行李，站在美國一家主流航空公司的報到櫃台前。我們要經由倫敦轉機飛往赫爾辛基，機票已經開過票了。

時間是二〇二〇年七月底，距離我們上次離開芬蘭的三年之後。二〇一六年和二〇一七年，我們都回芬蘭度暑假。現在，我們終於又要回去了，或我們以為要回去了。

跨國旅行大多因爲新冠肺炎的疫情中止了，但我們有官方的許可，芬蘭政府批准我們以作家和研究人員的身分重回芬蘭。外子和我持續過著遠距上班筆電族的生

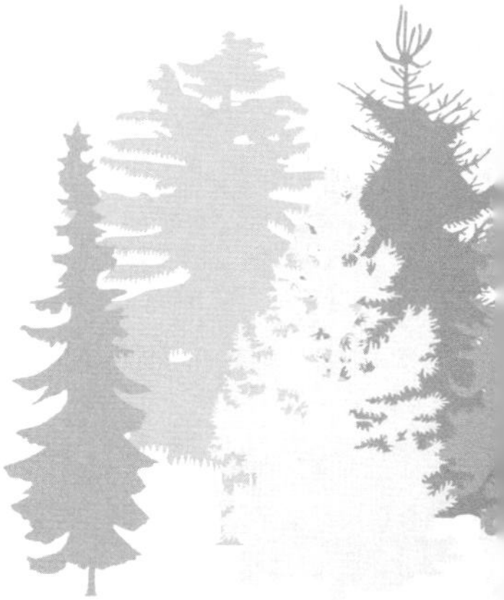

活，所以我們幾乎在世界上的任何地方都能工作。疫情爆發的最初五個月，我們在紐約市中心度過那段可怕的時光。我們有無數鄰居染疫病故，紐約在末日前夕的悲傷、恐懼和暫停活動下全城封閉。我們很幸運也很感激，因爲我們不但身體健康，而且還能照常工作、繼續原本的計劃，病毒並未染指我們的親友圈。更有甚者，我們似乎有別的地方可去，病毒對那裡的影響微乎其微。

進入航廈時，一切感覺都很有秩序，我們特別記得要帶芬蘭邊境管理局的官方文件，證明芬蘭歡迎我們前往赫爾辛基機場。我們也在芬蘭的首都安排好公寓了。

但現在，美國這邊的航空公司櫃台票務員卻說，我們要有芬蘭政府准許入境的外交文件，才能搭上飛往倫敦希斯洛機場轉芬蘭航空到赫爾辛基的航班。相關文件必須是紙本正本，而且必須蓋有一個華麗的浮雕外交戳章。這個武斷的要求像是臨時發明出來的全新規定，不曾出現在任何公告當中，而且是一個不可能的任務，因爲我們致電紐約的芬蘭領事館，對方說他們沒有在發這種「蓋章證明」的文件。就算有好了，我們也來不及申請，因爲飛機在三小時內就要起飛了。

我們又是拜託又是請求，但都沒有用。我們困在甘迺迪機場動彈不得，只能坐在堆了一地的行李箱上，離安檢門只有幾碼，一時間還別想搭上飛機。我們也沒有別的地方可去，因爲曼哈頓那間公寓的租約幾個月前就到期了，剛好就在病毒襲擊紐約市之際。從那之後，我們一下子住旅館，一下子住短租公寓，成了沒有固定地址的數位遊牧族。

在想清楚下一步之前，我們得先找到一家旅館。

我用智慧型手機搜尋「我附近的旅館」，第五航廈的環球航空機場旅館（TWA Hotel）跳了出來。我問威廉：「要去住環球航空機場旅館嗎？」我依稀記得前一年新聞報導過這家旅館，威廉則記得三年前去看他爺爺，從芝加哥飛回來之後去過環球航空的航廈。我問：「這是一家一九六〇年代的旅館嗎？」我的手指在智慧型手機上又按了一下，螢幕就顯示出旅館美輪美奐的畫面，我從沒見過這麼美的旅館。《時代雜誌》說它是「全紐約市最酷的旅館」①，而且，現在入住有折扣。

---

① Alex Fitzpatrick, Anne Most, and Joey Lautrup, "JFK's Iconic TWA Terminal Is Now the Coolest Hotel in New York City," *Time*, May 19, 2019, https://www.yahoo.com/news/jfk-apos-iconic-twa-terminal-211332288.html

威廉瞪大了眼睛：「就是這裡！環球航空的航廈，所以它還在嗎？航廈變成旅館了？快幫我們訂房！」我們七手八腳把大包小包都搬到環球航空機場旅館，來到美籍芬蘭裔建築大師埃羅．薩里寧（Eero Saarinen）打造的耀眼迷人的畫面中。前面的停車場停了一輛淺藍色的福斯古董金龜車，大門口則停了一輛《廣告狂人》時代的林肯大陸黑色敞篷車❶，彷彿剛有人乘坐這輛車抵達，要來辦理入住。在我們頭頂上方有一頂白色的流線型遮雨棚。我們走了進去。這棟令人歎爲觀止的建築就像是電影裡的時光機，一下子就帶我們回到一九六二年——原本的環球航空航廈正式啓用的那一年。

這棟建築也帶著我們往前快轉，來到不久的將來。屆時，所有的公共空間都有可能設計得這麼美。這棟建築又像是一個奇幻的入口，通往無限的可能。無論當下看來多麼不可能，但我們總有辦法回到芬蘭。

這棟航廈是全世界機場航廈中的蒙娜麗莎畫像、西斯汀禮拜堂穹頂畫和落水山莊❷，被評論界和建築界譽爲「噴射機時代的中央車站」②「該時代最動感的模範空間」③「數十年來最具原創性的內部裝潢」④和「地表最性感建築」⑤。套一句耶魯大學藝術教授文森特・史考利（Vincent Scully）的話，環球航空機場旅館的設計「帶我們勇往直前、直上雲霄」，這棟建築的一切細節都在說：「你可以的，目的地是一個美麗新世界。」⑥

❶美劇《廣告狂人》（Mad Men）的故事背景為一九六〇年代的廣告界，林肯大陸（Lincoln Continental）則為林肯汽車生產的豪華車款。

❷落水山莊（Fallingwater）為美國建築大師法蘭克・洛伊・萊特（Frank Lloyd Wright）設計的度假別墅。此處作者分別以蒙娜麗莎畫像、西斯汀禮拜堂穹頂畫和落水山莊來比喻傑作中的傑作。

② Herbert Muschamp, "Architecture View; Stay of Execution for a Dazzling Airline Terminal," *New York Times*, November 6, 1994, https://www.nytimes.com/1994/11/06/arts/architecture-view-stay-of-execution-for-a-dazzling-airline-terminal.html

③ Sarah Firshein, Preserving an Icon," *Curbed New York*, July 23, 2019, https://ny.curbed.com/2019/7/23/20696897/twa-hotel-jfk-airport-new-york-history-preservation

④ The TWA Terminal: The Building Block Series (Princeton Architectural Press, 1999), 3, 5.

⑤ "Inside NYC's 'Mad Men'-Style Hotel with Gloriously Retro Rooms, *FastCompany*, February 21, 2019, https://www.facebook.com/FastCompany/videos/346702239269370

⑥ Eero Saarinen, *Shaping the Future* (Yale University Press, 2006), 24.

接下來將近三個星期，我們一面持續用遠距的方式完成平常在紐約市的工作，一面設法重新規劃回芬蘭的辦法。住在機場航廈改建的旅館裡，我們彷彿可以聽到埃羅．薩里寧在耳邊悄聲說道：「你們可以的，目的地是一個美麗新世界。」

我們暫居的新家有著濃濃的未來感，猶如一件來自外星的建築傑作。薄殼白翼的混凝土建築就像一隻展翅高飛的鳥兒，一位遊客形容它「彷彿是從某個尚未發現的星系降落到皇后區」。

環球航空在二〇〇一年歇業時，他們的飛行中心就廢棄了。說來難以置信，這棟位在繁忙的國際機場跑道旁的幽靈航廈雖被世人遺忘多年，但它還是在那裡屹立不搖，一直沒被拆掉。一位名叫泰勒．摩爾斯（Tyler Morse）的開發商前來搶救這座廢墟，費盡千辛萬苦整修這棟遭到關閉的建築，不但恢復它原有的風光，還將它改造成旅館，在我們來到這裡的前一年開幕營業。

原本的航廈兩側蓋了新的大樓，共有五百一十二間客房。從大廳往上走，通過薩里寧原創的紅毯白牆、庫柏力克❸風格的神奇隧道，就會來到新蓋的客房大樓。頂樓設置了溫水游泳池和雞尾酒吧，房客可以近距離觀賞戲劇化的飛機起降畫面和遠方的曼哈頓天際線。現在，疫情期間，精簡人事、人煙稀少的旅館主要被少數冒險飛上天際的機組員和旅客用作中途休息站。

原本的環球航空飛行中心是在一九五八年由特立獨行的富豪、航空業界的先驅霍華德·休斯（**Howard Hughes**）委託建造的。一天，他把埃羅·薩里寧叫到他辦公室，基本上交代他：「錢不是問題，爲我蓋一座全世界最美麗的航廈就對了。」埃羅·薩里寧不負所託，遵循他自己的座右銘「建築不只是爲了滿足人類對於遮風避雨的需求，更是爲了實現人類存在於地球上的崇高價值」⑦，交出了一件超水準的成品。

一九一〇年在芬蘭首都赫爾辛基西邊一座小鎮出生的埃羅，是建築師埃列爾·薩里寧（**Eliel Saarinen**）之子。一般普遍認爲埃列爾是二十世紀初期芬蘭最偉大的

---

❸ 此指美國電影導演史丹利·庫柏力克（Stanley Kubrick）。

⑦ Eero Saarinen, *Eero Saarinen on His Work: A Selection of Buildings Dating from 1947 to 1964 with Statements by the Architect* (Yale University Press, 1968), 5, 10.

建築師，赫爾辛基中央車站和約恩蘇市政廳都出自他的手筆。本來他計畫打造一個全新的赫爾辛基，只可惜未能實現。他的兒子埃羅曾在巴黎學習雕刻、在耶魯大學攻讀建築系。一九二五年，埃列爾舉家搬到密西根州，埃羅也在密西根州的克蘭布魯克藝術學院（Cranbrook Academy of Art）學了設計。在國際舞台上，埃羅不止迎頭趕上他的父親，甚至青出於藍，交出了華盛頓杜勒斯國際機場（Dulles International Airport）、聖路易拱門（St. Louis Gateway Arch）、紐澤西州的貝爾實驗室（Bell Labs）、耶魯大學的英格斯冰上曲棍球場（Ingalls Hockey Rink），以及印第安納州哥倫布市的米勒宅邸（Miller House）等等風格迥異的地標級作品。在學者彼得．帕帕德米楚（Peter Papademetriou）眼裡，「埃羅．薩里寧彷彿一人集多位建築師於一身，每一位都將現代建築的極限推往不同的方向」[8]。

在我看來，環球航空飛行中心的結構，代表的或許就是全天下建築師想像力的極限了。沿著這棟建築線條俐落、充滿律動的弧形輪廓行走，我覺得自己彷彿就活在一支偉大的芭蕾舞、一首氣勢磅礴的交響樂或一部史詩級的電影裡。埃羅後來又補充說明道：「建築必須激起強烈的情感。建築師對一棟建築一旦有了設計理念，這個理念在建築內部的每個細節當中都要誇大再誇大、重複再重複，一再予以強調。如此一來，無論置身建築內外，這棟建築都透著同樣的訊息。」[9]根據埃羅的說法，環球航空飛行中心的理念就是要「傳達旅行這件事的精采、特別和興奮」[10]。他還補充道：「當旅客順著流程穿過這棟航廈時，我們要旅客置身於一個各部分相互呼應、一切都屬於同一個形式世界的完整結構中。」[11]

我們辦好入住手續，住進一間往四號跑道突出去的客房，你幾乎可以摸到雄偉地排列在停機坪上的噴射機，但多達七道的三層中空落地玻璃隔音窗把所有的機場噪音阻隔在外。二十四小時都能從床腳看到飛機起降秀，我們的航空迷兒子興奮極了。鑲了核桃木板的房間採用前噴射機時代的經典設計，內有一張一九四六年份的

---

⑧ *The TWA Terminal: The Building Block Series* (Princeton Architectural Press, 1999), 3, 5.

⑨ Eero Saarinen, *Eero Saarinen on His Work: A Selection of Buildings Dating from 1947 to 1964 with Statements by the Architect* (Yale University Press, 1968), 5, 10.

⑩ Eric Wills, "Flights of Fancy," American Scholar, June 3, 2019, https://the americanscholar.org/flights-of-fancy/

⑪ *The TWA Terminal: The Building Block Series* (Princeton Architectural Press, 1999), 3, 5.

薩里寧紅色子宮椅、一張一九五七年份的白色鬱金香高腳圓桌、幾張一九五〇至一九六〇年代的大衛・克萊❹環球航空海報，桌上放置的一台轉盤式電話爲這幅精心策劃的復古畫面畫上完美的句點。

我們目眩神迷、暈頭轉向地探索這棟建築。航班由於疫情的關係減到不能再減，我不時有種這棟夢幻建築裡只有我們一家人的錯覺。我跑到頂樓去看那座溫水游泳池，從那裡你可以一邊游泳一邊欣賞飛機起降。我看到一間僻靜的未來感閱覽室裡配備了伊姆斯❺家具，還看到一排排亮晶晶的復古投幣式公用電話。我細細打量彎曲、傾斜的牆壁和地板，爲了符合埃羅原來的設計，牆面和地面上精密地鋪設了兩千萬片直徑半吋的圓幣型馬賽克磁磚。我也看到旅館內展示了霍華德・格里爾（Howard Greer）、奧列格・卡西尼（Oleg Cassini）、史丹・赫曼（Stan Herman）、皮爾・帕門（Pierre Balmain）、伊夫・聖羅蘭（Yves Saint Laurent）、雷夫・羅倫（Ralph Lauren）和范倫鐵諾（Valentino）等設計師設計的空服員古董服飾。

我帶著筆電和手機，來到這棟建築中央的下沉式大廳❻，陷進一張豪華的沙發裡。就這樣，這裡成了我的遠距辦公室。

「康妮」（Connie）就停在外頭的停機坪上，占滿了下沉式大廳整面大窗的窗景。康妮是一九五八年份的洛克希德星座系列❼螺旋槳飛機，曾爲環球航空的客機，後來在航空界的邊緣飄飄蕩蕩，一下子用來運送貨物到阿拉斯加，一下子又被哥倫比亞的毒梟用來運送大麻，最後棄置在宏都拉斯。幸好，一位慷慨的捐款人資助了一百五十美元的回收費，把康妮從廢物堆中搶救回來。如今，康妮的外觀已經重新油漆過，恢復它昔日作爲環球航空門面的風采，內部則改裝成時髦的一九六〇年代雞尾酒吧。

我面向一塊巨大的老式翻頁看板而坐，看板上顯示出天馬行空的航線、想像中

❹ David Klein（1918-2005），美國知名廣告藝術家，以各大城為主題的環球航空系列海報為其代表作。

❺ 伊姆斯夫婦（Charles and Ray Eames）為美國一九五〇年代知名的家具設計師夫妻檔。

❻ Sunken Lounge，建築工法中的下沉式空間乃利用地面的高低落差，讓人在進入這一區時需要走樓梯下去，坐在其中有坐在地下的錯覺。

❼ Lockheed Constellation，美國飛機製造商洛克希德公司（Lockheed Corporation）於一九四三年至一九五八年間生產的一系列螺旋槳飛機，主要供環球航空、東方航空、泛美航空和法國航空之用。

的出發時間和抵達時間、早就不存在的航班和被人遺忘的目的地。旅館各處看不見的喇叭反覆播放著一九六〇年代輕快活潑的經典老歌：巴薩諾瓦（bossa nova）、披頭四（the Beatles）、法蘭克・辛納屈（Frank Sinatra）、康妮・弗朗西斯（Connie Francis）、狄昂・華薇克（Dionne Warwick）的《承諾，承諾》（*Promises, Promises*），還有一首五度空間合唱團（Fifth Dimension）的《遠走高飛》（*Up, Up and Away*）很快就成為我的心頭好，歌詞唱道：「讓我們一起在星際間漂浮，你和我，遠走高飛，遠走高飛！」

我全神貫注在我的筆電螢幕上，頭上的翻頁看板突然動了起來，一排排的頁片嘩啦啦翻了一輪，發出金屬頁片翻動的聲音。

我受到聲音的驚擾抬起頭來。這裡沒有飛機起降，但頁片還是井然有序地翻動著，啪、啪、啪、啪發出短促的聲響，聽起來很懷舊。以前這是出境大廳特有的景象和聲音，但如今這一幕已從全世界的機場上絕跡了，取而代之的是數位電子看板。從義大利烏迪內發跡的翻頁看板製造商耀陽烏迪內（Solari di Udine）甚至都停產了。過去三十年來，我走過許多城市的許多機場，都沒注意到這些具有代表性的聲響是什麼時候消失的。然而，這裡現在就迴盪著往昔噴射旅行黃金時代的回聲。

沐浴在埃羅的環球航空建築之美當中，我回想起在卡累利阿、拉普蘭和芬蘭其他地方看到的公共空間，像阿爾瓦·阿爾托或埃列爾·薩里寧這樣的建築師將這些設施設計得不同凡響。我體認到，這些改頭換面、令人精神一振、眼界大開的公共空間或許是全體公民的基本人權。以前，我總覺美輪美奐的裝潢與設計是一種奢侈品，有很好，沒有也沒關係。但現在，我認為賞心悅目的環境是活得健康快樂的必需品，就像均衡的飲食一般，對我們的身心都有益。

舉例而言，我們的兒子在約恩蘇念東芬蘭大學師範學院實驗小學的二年級，校園裡的建築就是為了師生的舒適、健康與快樂特別設計的。當時的校長是海基·哈波寧（Heikki Happonen）教授，身為芬蘭全國教師協會的會長，他不但長期投入兒童教育，也是一位建築史專家。哈波寧參酌老師和孩子們的意見，設計了這所學校，創造出猶如電影場景的畫面，效果就像環球航空飛行中心一般令人驚艷，孩子們夢想中的學校看起來就該是這樣。

學校內部寬敞的走廊、柔和的燈光和專為安撫兒童情緒挑選的溫暖色調，常讓外來的訪客看得歎爲觀止、陷入沉默，甚至感動得熱淚盈眶。一名來自西班牙的年輕教師踏進學校幾分鐘後，一時找不到言語來形容。她說：「太美了。在西班牙，我們的學校感覺就像監獄。但這裡……這裡像在夢裡一樣。」大廳各處散置著沙發椅和一落落的漫畫書，讓孩子們感覺親切、放鬆、自在。他們可以隨意挑一個角落，和朋友或一本書窩在一起。教師休息室就像芬蘭的許多教師休息室一樣寬敞、高雅又實用。這一間有舒適的沙發、咖啡機和茶几，茶几上裝飾了阿爾瓦・阿爾托爲芬蘭品牌伊塔拉設計的花瓶，花瓶裡插了鮮花。另外還有一張大長桌，長桌上有阿爾托設計的特大號銀製托盤，新鮮水果在托盤上堆成一座小山。這個空間鼓勵老師們放鬆下來，邊喝咖啡、吃點心、邊與彼此交流。老師們甚至可以去附近的教職員蒸氣室做蒸氣浴。

塞滿書籍的組合式書櫃移動一下，就能隔出臨時的小組討論學習空間。教室裡擺滿舒適的老式木頭書桌。實驗室就像一間高科技手術室，旁邊設有暖呼呼的壁爐，穿堂對面是工藝教室，二年級的小朋友在這裡學習木工的基本知識。

哈波寧教授說：「學校應該要成為小朋友最愛的地方。我們一定要讓小朋友覺得學校就像家一樣、學校是屬於他們的家園。小朋友是很聰明的，他們體會得到信任的氣氛。我們提供一個理解他們的環境，讓孩子們覺得『我在這裡很受尊重。我在這裡很安全、很自在。我在這裡是一個很重要的人』。我的工作就是要保護兒童的成長環境。這就是我每天出門上班的原因。」

暫居在環球航空飛行中心的日子，讓我想起芬蘭有多少公立學校都展現了卓越不凡的室內外設計。親眼看到這些設計，我常常心想：這不是每位學童和老師都該擁有的東西嗎？

我也回想起剛到約恩蘇的頭幾天，我們聽說有一間市立游泳池，就決定去參觀一下。我本來以為會看到一棟典型的長方形建築，講求實用更勝於美觀，但我們走進去的地方卻宛如一座小型度假村。這棟曲線玲瓏的建築坐落在森林邊緣，枝葉間篩落的陽光透過巨大的窗戶流瀉進來。內部有一座可供跳水之用的深水池、一座奧運標準尺寸的長泳池、一座小朋友玩水用的淺水池、一個點心吧、一座按摩池、幾間蒸氣室、一間設備完善的健身房，外加一座人造波浪池，每小時鈴響就會有一道大浪打過來，令泳客玩得不亦樂乎。公布欄上的公告以芬蘭文、瑞典文、英文和俄文四種語言寫就，後來還加上阿拉伯文，以示對中東難民的接納。一座對全體市民開放的市立游泳池花了這麼多的心思與力氣，我覺得非常了不起。

接著，我還回想起約恩蘇圖書館。約恩蘇圖書館又名北卡累利阿省立圖書館，所在位置介於我們的公寓和威廉工作、我們的兒子上學的大學之間。我本來以爲它會是一座標準的圖書館，有著制式化的長方形空間，裡頭滿是書櫃和閱讀區。但這個地方卻讓我聯想到曼哈頓的現代藝術博物館，明亮、通風的北歐設計，令我第一次踏進這棟美麗的建築時不禁要想：我這是到了哪裡了？

芬蘭建築資訊服務網形容這棟一九九二年完工的建築爲「開放式的景觀圖書館」「就像一座蓋在挑高天花板底下的微型城市，一條條的走道在一櫃櫃的書籍間穿梭」。該網站又繼續描述道：「入口附近，在館內兩條『街道』交會的『十字路口』上，有一間設置了公共咖啡吧的報章閱覽室。從同一個十字路口亦可通往其他多間閱覽室。廣場上方設有天窗，書櫃上方傾斜的天花板發揮了反光板的作用。閱覽室的光線有一部分就來自橢圓形的玻璃天花板透進來的自然光。」

手工藝書區後方有一扇高兩層樓的細長凸窗，我最愛的地點是靠著這扇凸窗的一張紫色座椅。圓形露天劇場造型的童書區很快就成爲我們兒子最愛的地點，那裡有無限供應的漫畫書、童書和桌遊。整個三樓都是音樂區，有一間間舒適的隔音房，你可以用借書證預約，從圖書館豐富的館藏中挑選唱片和CD，在隔音房聆賞。我和兒子就預約過其中一間，母子一起在隔音房裡彈電鋼琴——我作夢也沒想過在公立圖書館可以彈鋼琴。

這座圖書館是書籍的主題樂園。每逢週末，這裡是全市人最多的地方之一。期刊閱覽室滿是當地人。小朋友或者在童書區逛來逛去，或者捧著書窩在弧形沙發上。這裡完美體現了一個致力於全民啓蒙和全民提升的平等社會。

而我現在和家人困在一棟被人淡忘多時的航廈裡，還不知道要困多久，但我一點兒也不介意，因爲這棟建築是那麼令人振奮。一九六一年春，埃羅．薩里寧在現今被稱爲約翰．甘迺迪國際機場的愛德懷德機場（Idlewild Airport），看著他的大作拔地而起的曲線，說道：「環球航空已經有模有樣的了。就算出了什麼狀況，他們不得不立刻停工，光憑現在這個樣子，我認爲它也會是一座美麗的廢墟，就像卡拉卡拉浴場（Baths of Caracalla）一樣。」⑫他不曾親眼見到完工的樣子。五個月後，他就以五十一歲的年紀，死於腦瘤手術的併發症了。

就現實面而言，在一九六二年啓用後不久，埃羅打造的環球航空飛行中心就跟不上時代的腳步了。這棟建築、行李系統和旅客流量都是針對一九五〇年代的螺旋槳飛機設計的，當時最大的星座系列螺旋槳飛機也只能容納一百〇五名乘客。很快的，噴射機時代的來臨就將螺旋槳飛機比了下去。到了此時，國際航線爆炸性成長，市面上也冒出更大型的民航機，像是波音七〇七、道格拉斯DC-8，以及裝得下多達六百六十名乘客的巨無霸客機波音七四七。包括霍華德．休斯和埃羅．薩里寧在內，沒人料得到航空界會有如此巨變。但環球航空飛行中心還是在巨大的壓力下又撐了三十九年，期間歷經三次破產及多次的劫機、爆炸和墜機事件。直到二〇〇一年公司解散，這棟建築棄置不用。⑬《建築師》（*Architect*）雜誌的資深編輯艾瑞克．威爾斯（Eric Wills）寫道：「就算有過飛行的黃金時代，那也只是一瞬間的事，而且早就和我們擦身而過了。這棟建築再完美也生不逢時。然而，薩里寧打造的大鳥即使是一隻籠中鳥，也仍對我們歌詠著遠方的可能與希望，告訴我們遙不可及的冒險和更好的自己都有實現的可能。」

足足二十個燦爛的日子，我們住在埃羅・薩里寧的夢幻世界，漫步在他留下的遺跡重新翻修過的廊道間，沐浴在令人如癡如醉的未來感懷舊風格中。這是夢嗎？我們回得去芬蘭嗎？這棟建築彷彿在說答案是肯定的，而我在它遺世獨立的宇宙裡覺得無憂無慮、心滿意足。

一天，我們接到英國航空的消息，他們很樂意載我們到倫敦轉搭芬蘭航空往赫爾辛基的航班。我們的機票和文件也都就緒了。我們告別了環球航空和埃羅・薩里寧的回憶。

八月中旬，我們已經在赫爾辛基住下了。

⑫ *The TWA Terminal: The Building Block Series* (Princeton Architectural Press, 1999), 3, 5.

⑬ Eric Wills, “Flights of Fancy,” *American Scholar*, June 3, 2019, https://theamericanscholar.org/flights-of-fancy/

26 重回金色的夢鄉

我衝出我們在赫爾辛基的公寓，去趕上午十點十九分北上開往約恩蘇的火車。

經過三年之後，我終於要回卡累利阿了。

我要跟我的馬大姐妹們團聚了。

我還要去見一位薩滿。

我們共同的朋友伊勒梅莉告訴我，海蓮娜·卡爾胡（Helena Karhu）是東芬蘭大學一位傑出的人類學家，也是一位嫻熟芬屬卡累利阿傳統文化與歌謠的薩滿行者。在十月的第二個月圓日，她要在鄰近約恩蘇的一座小島上舉辦滿月擊鼓的活動。以此爲秋日的推移立下里程碑，並當成我重回卡累利阿的儀式，聽起來很完美。

就像暫居環球航空機場旅館的日子，我們一家住在芬蘭首都的兩個月彷彿一場

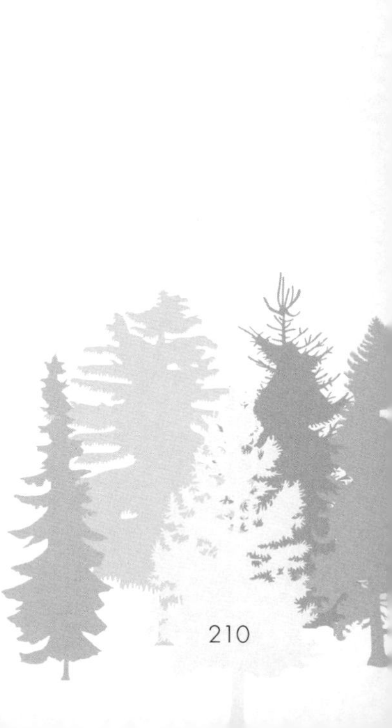

夢。直到最近，天氣都還相當涼爽宜人。店鋪和咖啡館都有營業，圖書館和博物館也都開放參觀，只不過多了疫情相關的告示。芬蘭人非常謹慎，相較於世界上其他地方，新冠肺炎在這裡傳得很慢，全國約有八成的活動都保持正常。

這裡跟紐約市的氣氛形成驚人的對比。過去七個月以來，紐約市籠罩著死亡與恐懼的氣息。仲夏之際，我們熟悉的曼哈頓感覺就像科幻電影裡急速毀滅中的大都市。這座城市氣氛低迷，街道荒涼無人，光是走在街上，我就深感震撼。一個雄偉的經濟體竟是如此不堪一擊。堂堂紐約市看似堅不可摧，但這座大城的命脈卻瞬間就能瓦解。

二〇二〇年春，病毒開始擴散到全球，芬蘭也出現確診病例，芬蘭政府在備受愛戴的新任總理桑娜·馬林（Sanna Marin）的領導之下，迅速宣布全國進入緊急狀態，封鎖邊境，暫停多數的國際航班，並鼓勵上班族遠距居家辦公，也很快關閉了所有學校。本土疫情在首都區爆發時，警方和軍方設置路障封鎖該區，防止病毒擴散到國內其他地區。

從那之後，感染新冠肺炎的病例數一直壓得很低。到了二〇二〇年春的學期末，七歲到十五歲學生就讀的中小學重新開放了兩個星期，沒碰到什麼問題。八月中旬，學校再度恢復上學，國中和國小按時開始新的學期。整個疫情期間，高中以上的高等教育機構都保持關閉。到了二〇二〇年十月中旬，芬蘭只有三百五十一例病毒相關的死亡案例。

截至目前爲止，在歐洲國家中，芬蘭和挪威是人均感染率和死亡率最低的國家，而且大約只有美國、英國和鄰國瑞典的十%。因應這場災難，瑞典選擇的策略自由放任得多。而在芬蘭，我們念七年級的兒子每天都能去全英語的公立學校上實體課程。就像芬蘭多數的公立學校，這所學校的教學品質也很好。在這場全球健康危機中，我們最終能在赫爾辛基落腳，一家三口都覺得無比感激，也以虛心的態度看待疫情。

二〇二〇年的一份分析報告指出，在全球一百五十座城市中，我們的新家赫爾辛基是最適合家庭居住的城市①。此前一年，赫爾辛基被評爲全世界工作與生活最平衡的一座城市②。不難看出爲什麼。這座小而美的城市治安良好，到處都有自然步道、單車專用道、慢跑專用道、綠地和上好的餐廳，火車、地鐵、公車和路面電車組成的大眾運輸系統也是一流的。

赫爾辛基對小朋友來講也是很安全的理想之都。在這裡，孩子們往往從八、九歲開始就自己去上學。七十個戶外遊樂場遍布全城，並有低廉或免費的日托中心和課後托育中心，專門照顧十二歲以下的兒童。我們的兒子成爲林納瑪奇樂園（Linnanmäki）的常客，林納瑪奇是一座俯瞰全城的老牌遊樂園，園區的招牌設施是一座老式的木造雲霄飛車，在夏末漫長的白晝，這座雲霄飛車一天就要跑七十四圈。威廉曾問保全人員這座遊樂園隸屬於哪一家公司，這位保全答道：「它是屬於赫爾辛基全體兒童的，所有的收益都捐給兒童福利組織。」

赫爾辛基整整有三分之一都是綠地，全城被無數綠樹成蔭的休閒空間組成的綠帶（Viherkehä）包圍。芬蘭名廚薩米・塔爾貝里（Sami Tallberg）介紹道：「赫爾辛基周圍有一圈綠地，無論你往哪個方向騎車、開車或走路，都會來到野生的

① https://www.express.co.uk/travel/articles/1234426/best-cities-families-move-2020-uk
② https://finland.fi/life-society/helsinki-named-best-city-for-work-life-balance/

自然世界。」③哈爾蒂亞芬蘭自然中心的主任湯姆・賽拉涅米（Tom Selänniemi）則說：「你可以在赫爾辛基的歌劇院背起背包，從歌劇院的庭院沿著公園走向荒野。」④他說的這條路線也成爲我固定的散步路線之一。我們的公寓位於圖盧區，赫斯珀里亞公園（**Hesperianpuisto**）就在附近，這座公園又跟赫爾辛基中央公園（**Keskuspuisto**）的入口無縫接軌。中央公園是一大片連綿起伏、草木叢生的綠地，兔子、鹿、老鷹和狐狸以此爲家，園區裡的許多地方就像一片完好如初、蓊蓊鬱鬱的原始森林。

在芬蘭，市區和大自然通常都是一體的。你不知不覺就在這兩個空間來去自如，因爲兩者之間沒有明確的界線。工業區或住宅區往往緊鄰著一大片濃密的森林。

很快的，到了冬天，我會穿上雪鞋，到赫爾辛基的中央公園健走，從靠近市中心的地方往北，走到一座管理完善、占地四平方英里（約十平方公里）、南北縱長六英里（約九・六公里）的市立公園，園區裡有四個自然保留區。有一次，我從一條越野滑雪道或行人步道岔了出去，置身於一片濃密的樹林裡，雙腳踩在厚厚一層剛落下的白雪上。天地之間只有我一個人，在樺樹、松樹和橡樹間穿梭，一下子彎腰鑽過低矮的樹枝，一下子抬腿跨過倒地的樹幹，獨覽這片珍貴的美景。一如往常，林子裡一片靜謐，那種靜不是鴉雀無聲的靜。我聽到鳥鳴，也聽到沒有完全結冰的溪流傳來的流水聲。我喜歡走在森林裡的每一種知覺感受。我知道園區裡有維護得很好的步道和單車道，有時公路甚至就在附近，只不過我看不到。我也知道有許多人在慢跑、遛狗、跟同伴相偕散步、推著嬰兒車散步或自己一個人散步。公園是當地人日常生活密不可分的一部分，稀鬆平常得很，至少對芬蘭人來講。

返回人煙稀少的原路之後，我不時就會看到一位騎著登山車的單車騎士，只見他沿著其他騎士或越野滑雪客開闢出來的羊腸小徑穿過森林。我也看到不遠處有一對遛狗的男女，但他們很快就消失在森林裡了。於是，天地之間又只剩下我一個

③ Fiona Zublin, “Could a City Park Be Your Grocery Store? In Finland, Maybe,” Ozy, June 13, 2018, https://www.ozy.com/around-the-world/could-a-city-park-be-your-grocery-store-in-finland-maybe/87030/

④ Ari Turunen, “Helsinki, the World's Nature Capital,” *SLOW Finland*, n.d., https://slowfinland.fi/en/helsinki-the-worlds-nature-capital/

人。我拿出手機，拍下衛星地圖上顯示我所在位置的螢幕截圖。畫面上，一大片濃密的綠地中只有一顆藍點。我明明人在一國的首都，卻置身於一個前不著村、後不著店的地方！

雖然赫爾辛基有它獨具的特色，但有些地方也讓我想起自己親眼見過或在照片上看過的大城。在綠樹夾道的林蔭大道上，豪華、雄偉的建築點綴著時髦的人行道露天咖啡座，宛如小型的香榭麗舍大道。市中心的參議院廣場看起來就像俄羅斯帝國的一座廣場——實際上也是，這座廣場是亞歷山大二世於一八〇七年所建，當時他是俄羅斯帝國的皇帝，也是芬蘭大公國的親王，至今他的雕像仍矗立在廣場中央。赫爾辛基的郊山和路面電車則讓我想起雪梨和舊金山。在陽光普照的八月天，城市南端的濱海大道甚至就像法國蔚藍海岸的縮影。安全又乾淨的環境呼應著我土生土長的東京，多元化的精采文化（赫爾辛基的公立中小學教的外語多達四十七種）則呼應著我的第二家鄉紐約市，即使就總人口而言，這裡的規模小了許多——紐約市有八百三十多萬人口，赫爾辛基只有六十五萬八千人。

住在一個既是大都會又充滿自然氣息的環境是什麼感覺呢？有時幾乎就像烏托

邦，你在同一個地方就可以生活、工作、玩樂，既能在這裡努力奮鬥、蒸蒸日上，也能在這裡休閒放鬆、恢復活力。步行範圍內或只搭幾站公車或捷運就有美術館、音樂廳、很棒的餐廳、高級食材店、大學、公司行號、醫療設施、中小學，乃至於免費的戶外公共健身器材、清幽的森林和郊山、綠樹夾道的林蔭大道，還有一片點綴著帆船、皮划艇和天鵝等各種鵝類的海岸和海灣。

朝赫爾辛基中央車站走去，我經過一尊位置隱密的拉林・帕拉斯基（**Larin Paraske**）雕像。拉林是十九世紀的農家婦女，也是公認最偉大的卡累利阿民謠演唱家。她的腦袋裡裝了許許多多流傳數百年的口傳歌謠和三萬多首的「詩謠」（runo），包括卡累利阿語的搖籃曲、猜謎歌、敘事曲、以婚姻和丈夫爲題的歌曲，還有情緒激昂、哭哭啼啼、用來牽引亡魂前往死後世界的牽亡歌（itkuvirsi）。

根據芬蘭當代小提琴家和作曲家佩卡・庫西斯托（**Pekka Kuusisto**）的推測，一八九一年，拉林・帕拉斯基在波爾沃（Porvoo）唱歌給西貝流士聽，西貝流士因此受到啓發，日後才成爲芬蘭史上最偉大的作曲家。依庫西斯托之見，在這次相遇之前，西貝流士的音樂並未展露出命中註定要成爲大師的天份，但在遇到拉林之後，庫西斯托認爲西貝流士「莫名開竅了，他似乎將古今音樂融會貫通，他的音樂語言突然變成一種普世共通、永垂不朽的語言，一種任何時代、任何地方、任何人聽了都會有共鳴的語言」⑤。西貝流士的傑作和幸福婚姻都隨著那次相遇而來。一天，我發現拉林雕像的懷裡捧了一束鮮花，花束上還有一張神祕的匿名謝卡，感謝她在芬蘭的某個地方唱過歌，如今過了一百二十年後，當初她唱歌的地方立著一棵雄偉的大樹。

奔向火車站途中，我還經過了另外三件傑作，一是阿爾瓦·阿爾托的芬蘭廳（Finlandia Hall），這是舉世聞名的音樂廳和會議廳；二是隸屬於芬蘭國家美術館（Finnish National Gallery）的基亞斯瑪當代藝術博物館（Museum of Contemporary Art Kiasma）；三是赫爾辛基頌歌中央圖書館（Oodi Helsinki Central Library），這座雄偉壯觀的建築由玻璃和雲杉木打造而成，無疑是全世界最令人驚歎的圖書館之一。「頌歌」於二〇一八年十二月五日開幕啓用，是赫爾辛基在芬蘭一百週年國慶日送給人民的禮物，凸顯出芬蘭是全世界識字率最高、最愛圖書館的國家。圖書館三樓的陽台隔著人民廣場與國會大廈相望。一位館員解釋道，這棟建築蓋在全國地價最貴的地段，對面就是國會大廈，代表著「人民與國家處於平等的地位」，以具象的方式宣告民主的本質。

雄偉的「頌歌」就像在滾滾白雲下乘風破浪的一艘大船或一頭巨大的鯨魚。它不只是一個供民眾借書的設施，也是芬蘭的國民客廳、藝文中心和工作室，裡面有沙發、咖啡館、電影欣賞室、電玩遊戲室和一個共同工作空間，在這裡可以免費使用3D列印機、雷射切割機、會議室、錄影錄音室、平面設計軟體和硬體，還有縫紉機。從難民、街友、藝術家、小朋友、學生到大老闆，「頌歌」無不歡迎，大家也真的都來這裡一起學習、工作或放鬆。如果想在圖書館外的大廣場上玩球，也可以跟圖書館借籃球和足球。自動駕駛的灰色小型運書機器人緩緩在走道間穿梭，小心翼翼地避開各種設備和民眾。過去這八個星期以來，對威廉和我來講，「頌歌」彈性化的工作及視聽空間是我們的遠距辦公室，也是我們遠在千里之外的家。

⑤ "Sibelius's Roots: An Interview with Pekka Kuusisto & Ilona Korhonen (Philharmonia Orchestra)," YouTube, September 15, 2017, https://www.youtube.com/watch ?v=vC6d9jXK5Aw&t=320s

到了現在，我已經大致摸熟赫爾辛基的街道，知道怎麼走捷徑了。我繞過一些辦公大樓，趕在最後幾分鐘來到中央車站，搭上前往約恩蘇的列車。芬蘭的長途火車搭起來安靜、平穩又放鬆。我來到餐車車廂，選了樓上一張豪華的單人高背旋轉椅坐下。如此一來，我既可欣賞窗外的風景，又可享用從樓下送到我座位上的美食。我把包包放好，把我的筆電和手機擺好，在面向月台的最後一張椅子上坐下。不出幾分鐘，耳邊傳來一陣芬蘭語、瑞典語和英語的廣播，火車便緩緩滑出車站了。天色昏暗，全城一片霧茫茫，這是赫爾辛基的秋天常見的景象，但我的心卻爲了即將回到卡累利阿雀躍不已，即使只是短暫的造訪。

離開赫爾辛基不久，窗外的風景就突然變成一片田園風光，有農舍、丘陵，還有濃密的森林。陽光穿過雲層和杉樹的枝葉灑下來，在湖面上舞動。在靠近勞特耶爾維自治市（**Rautjärven kunta**）的某一站，芬俄邊界突然呈直角向西轉進一座兩國共有的湖泊，來自俄國的湖水就在火車下方幾百英尺處流動，樹林後方隱約可見俄國的邊境瞭望台。

我跟樓下的列車餐廳點了我很愛的一道芬蘭料理：全麥麵包佐蒔蘿馬鈴薯鮭魚

濃湯。櫃檯後方的女服務生說她會把餐點送上來給我——這就是座位挑在餐車車廂的好處。四個半小時後，我就回到約恩蘇了。我走了一小段路，穿過市中心的市集廣場（tori），來到我下榻的旅館。這座城市大致上還是我記憶中二〇一七年的樣子，只有幾個地方不太一樣。路邊修了新的單車專用道和行人專用道，廣場加蓋了地下停車場和表演舞台，市政廳和市民劇院前面的公園重新整理過，爲了預防犯罪砍掉了一些樹。

我覺得就像又回到家了。

27 月圓夜擊鼓慶豐收

傍晚五點半，計程車在烏丹薩島（Utransaari）這座迷你小島的外圍把我放下來，我要去島上參加海蓮娜的擊鼓活動。我付了車資，司機擠了一坨酒精乾洗手給我，我捧起雙手感激地收下，然後就步出車外，試圖分辨該往哪裡走。

司機朝著一片黑暗指過去。這裡黑得伸手不見五指，除了我身後的路燈就沒有一絲光亮。兩道人影慢跑經過，像幽靈般消失無蹤。我問司機：「我該怎麼走呢？」他比劃道：「就往那裡直走。」語畢，他就把車開走了。我的眼前只看得到一片漆黑。

我打開手機的手電筒，但被光線刺得睜不開眼睛，只好又把手電筒關掉，僅憑遠處路燈的微弱光線，沿著一條狹窄的小徑走去。小徑兩旁都是水，我走得很慢很

慢，免得掉進溝裡去。慢慢穿過連接陸地和小島的行人便橋之後，雙眼逐漸適應了黑暗，我停下腳步，回頭望向皮耶利寧河，黑暗的天空、群樹的剪影和波光粼粼、一片平坦的水面交織成一幅靜謐的美景。

說也奇怪（但說來美妙），隻身一人佇立在這片黑暗裡，我卻覺得很安全。空氣中和河水裡都瀰漫著安全的氣息。安全感就是芬式心理的基調。

持續穩步走了一段路，穿過第二座行人便橋之後，我終於踏上小島。眼前赫然出現三條路，不知該走哪一條。我沒料到這種情況。擊鼓活動的邀請函上只寫了島名，沒有說明路線，也沒有畫個地圖。我有點氣主辦方沒想到要告訴我怎麼走。我閉上眼睛，等待靈感出現。我用心傾聽我的直覺。「我聽不見你的聲音。」我試圖召喚自己的第六感，懇求直覺給我一點指示。

最後，我充滿信心地選擇了中間那條路。那條路上有一座很像日本「鳥居」的木造拱門，我相信通往活動地點的一定就是這條路了。我慢慢往前走，最後卻走進了雜草叢生的樹林裡。我的信心瞬間蒸發。第六感不管用。我看不到一戶人家，聽不到一絲動靜。眼前沒有什麼鼓，只有一片黑暗闃寂的樹林。路也沒了，我擔心再走下去就會迷失在樹林裡了。到了此時，我已經想放棄參加擊鼓活動了。我心想，邀我來的海蓮娜大概沒開手機，應該沒辦法打去問她方向吧。

看來註定是去不成了。我一邊想著，一邊沿原路朝便橋走回去，打算過了橋到停車場那邊叫計程車。

這時，我看到一個女性的身影過橋來到島上。她的腋下夾著一隻鼓，彷彿沉浸在自己的思緒裡，徑自走上了右邊那條路，沒看到我，也沒留意到我的存在。我跟在她身後幾步，一路上除了我們的腳步聲就沒有別的聲響。她好像沒聽到我的聲音，也沒察覺到背後有人，只是夾著那隻鼓埋頭趕路。我心想，說不定她是日本傳說中的狸貓幻化成人形，專程來解救我的。一會兒過後，我看到她前面出現一棟小木屋（kota），屋裡發出橘紅色的光芒。狸貓女士走上前去，有人打開了門，橘紅色的光芒傾瀉而出，她走了進去，門就在她身後關上了。四周又恢復一片漆黑。我走到小木屋前，逕自把門打開。我看到一群人圍著熊熊燃燒的火爐坐在一起，有些人的腿上放著鼓，氣氛很愉快的樣子，我頓時鬆了一口氣。

一個身材高䠷的年輕小姐問道：「妳是奈保美嗎？」她就是民俗學家、薩滿老師和薩滿行者海蓮娜。海蓮娜露出一臉溫暖而平靜的笑容，以催眠般的女中音歡迎我。我遇到的許多芬蘭女性都有類似的嗓音，她們普遍英文很強。一般而言，除了芬蘭文和瑞典語之外，英文是芬蘭人的第三語言。有時爲求精確，他們用第三語言說話時可能會稍微慢一點，感覺起來，就好像他們講話經過深思熟慮，語氣中透著溫暖與堅定。他們的口音有趣地融合了英美兩國的風情，這是受到英文課和流行文化雙重影響的結果。他們的英文老師受的是英式英語的訓練，而芬蘭有許多年輕人都是在美國流行文化的薰陶下長大，包括電視上一播再播的《六人行》（*Friends*）和《辛普森家庭》（*The Simpsons*）。關於芬蘭人爲什麼英文這麼流利，有一派說法是因爲有很多英文的電視節目只配了芬蘭文的字幕。芬蘭文是很深奥的一種語言，找芬蘭配音員重新配音的成本太高了。英文原音配上芬蘭文字幕，反倒給了芬蘭的小朋友學習同步翻譯的機會。

「歡迎各位來到這次的滿月擊鼓活動。」海蓮娜輪流用芬蘭文和英語說道。小木屋裡約有十五人左右，我們圍著火爐坐成兩圈。「依慣例，我們先從獻祭開始，祭這團火，祭這個空間，祭今天和我們在一起的神靈，包括我們的祖先、天地日月星辰、守護天使、光之存在、佛祖、菩薩、瑜伽士、瑜伽女、自然界所有的精靈、仙子、神祇和看不見的存在。我們要召喚無聲的能量，祈求長壽、活力和健康快樂，願我們能充分發揮生命的潛能。今天是十月的第二個月圓夜。我們的主題是豐收。此時正是收成的季節，收成之後，我們就可以度過豐足的冬天，直到春天到來。在我們的個人生活和集體生活中都有許多事情發生，能聚在一起分享我們的聲音、共度沉默的片刻，是很美好的一件事情。」

海蓮娜繼續說道：「聚在聖火前獻上祭品是一種療癒，療癒自己，也療癒這個世界。在祈求宇宙、指導靈和諸神的幫助之前，我們要先獻上祭品。這裡有三包綁在一截木棍上的祭品。」

海蓮娜又說：「這次的主題是豐收。今晚有很多人齊聚一堂，我們要感謝在這裡的豐沛友誼。付出友誼和接受友誼都需要敞開心扉。我希望獻祭的儀式可以治療我們過去的創傷。我們都有受傷的經驗——或許是小時候，突然有人再也不想跟我們玩了，又或者有人讓我們懷疑自己不值得被愛。這些經驗不知不覺影響著我們。透過獻祭的儀式，我們要深入自己的潛意識，觀照內在的小孩。多好啊，藉由聖火，在宇宙間看不見的力量幫助之下，也在彼此的幫助之下，我們可以透過這個儀式，一起完成這件事。」

感覺起來，這棟小木屋裡、烏丹薩島上、約恩蘇這座城市、北卡累利阿這個地區所有看得見和看不見的存在，還有我們和滿月之間、之外的所有空間，都被海蓮娜的熱情與口才凝聚在一起了。

海蓮娜將綁在木棍上的三包祭品傳了一輪，代表我們向靈界獻上個人與集體的心意。那一截木棍來自神聖的科利山，三包祭品分別代表豐收、內在小孩和每個人私下的心願，三者合在一起獻上。我們一一輪流將祭品捧在手心再傳下去。輪到我的時候，我雙手捧著祭品，說了幾句禱詞。祭品最後回到海蓮娜手上。她站起來，默默將祭品放到火爐上燒。祭品在大家的注視下被劈啪作響的火焰吞噬。

爲了看見被火焰吞噬的祭品，我挪了挪我在長凳上的位子，只見橘紅色的火光襯著祭品黑色的輪廓，我的臉上熱烘烘的。我五感全開，沉浸在這一刻的強烈感受中。在此之前的春天和夏天，我們在與人隔離的狀態下懷著恐懼熬過了一週又一週。相形之下，此刻的喜悅、神奇、溫暖和視覺感受都變得更強烈了。疫情籠罩全球之際，我卻在一棟小木屋裡，和十五個人圍成兩圈坐在一起，心中沒有一絲恐懼。這一切太不眞實了。

祭品在眾人眼前化爲灰燼。海蓮娜打破沉默，以開朗的語氣說道：「大功告成！現在，我們可以玩個痛快了！」說完，她就不由自主發出爽朗的笑聲，我們也跟著笑了起來。大家彷彿被海蓮娜施了愛、團結、歡樂、能量、感激和期待的魔咒。我們對接下來要做什麼充滿期待。她讓我們知道這雖然是一個莊嚴肅穆的活動，但也是一個開心好玩的聚會。

她繼續說道：「我們先從一起打鼓開始，看看會有什麼化學變化。唱歌、跳舞、沉默、言語、人生故事……無論你想分享什麼，歡迎自行把屬於你的節奏加進來。」她一手舉起鼓，一手舉起有一個蛋形毛氈頭的鼓棒，一邊輕輕擊鼓，一邊吟唱道：「圍在火邊，擊鼓同樂……」

鼓聲很抽象，而且沒有什麼旋律，幾乎像心跳聲。我感覺到長凳、牆壁和空氣的震動。我已經好多年都沒有這麼奇妙的肢體感受了。層層疊疊的鼓聲夾雜著木頭鼓棒的敲擊聲奏個不停。感覺起來，我們彷彿在召喚神靈現身與我們共舞。痛苦似乎隨著一波波的震動釋放出去，同時也迎來了友誼、慈悲與憐憫，讓正能量充滿我們的身心靈。高音的人聲參與進來，層層疊疊地蓋過鼓聲。接著又有低音的人聲加入，層層疊疊地墊在鼓聲底下。鼓聲、人聲不斷交織，以穩定、快速的節奏，召喚自然界看不見的神靈現身加入我們，一同慶祝豐盈的滿月。

慢慢的，人聲與鼓聲漸歇，最後停了下來。海蓮娜又發出一陣開懷的笑聲，大家好像自然而然就跟著狂笑起來。她邀請任何想分享的人說說自己的感受或故事，只想靜靜坐著的人也可以共享那份沉默。

「或許埃羅可以為我們高歌一曲。」她說。

海蓮娜的朋友埃羅是一位苦練有成的芬蘭民俗學家和「詩謠」演唱家，他笑著說：「沒問題，我來唱一首《松鼠歌》（*Oravan Laulu*），這是國寶級作家阿萊克西斯・基維在《七兄弟》這本小說中寫給松鼠的搖籃曲。」

埃羅以低沉、溫柔的嗓音唱道：

Makeasti oravainen.

Makaa sammalhuoneessansa;
Sinnepä ei Hallin hammas.
Eikä metsämiehen ansa,
Ehtineet milloinkaan…

有一隻小松鼠
香甜地睡在牠的苔蘚窩裡
野狼的牙齒咬不到
獵人的陷阱撈不著

從那高高在上的小窩裡
牠俯瞰這個兵荒馬亂的世界
但就在牠的頭頂上
一根松樹枝擎著和平的旗幟迎風飄揚

這樣的日子多快活
在那城堡般的搖籃裡
小松鼠搖啊搖
在牠最愛的雲杉樹洞中
在媽媽的胸前
聽著森林的琴音

搖搖尾巴乖乖睡
在牠小小的窗戶前
鳥兒在天空下
乘著夜色　唱著歌兒
伴牠走進
金色的夢鄉

停頓一下之後，海蓮娜提議大家想像自己最愛的一種動物，在下一段的擊鼓活動中表現出這種動物的精神來。「請各位自由發揮，看是要引吭高歌，還是要仰天長嘯。別擔心。要是我們覺得你太放飛自我了，我們會輕輕把你拉回來的。如果你認爲默不作聲就是最淋漓盡致的表達方式，那也是一個很好的選擇。」

先是一隻鼓開始慢慢奏出鼓聲，接著是第二隻鼓、第三隻鼓……直到屋裡咚咚咚響成一片，滿屋子的人和神靈都隨之震動起來。不知持續了多長或多短的時間，感覺像是永遠那麼久，卻又像是一眨眼而已。個人、群體、全宇宙一同震動。我們像是受到催眠般，全神貫注陶醉在擊鼓、歌唱、舞動和吟誦之中。

鼓聲停歇之後，海蓮娜請大家分享自己化身爲動物的體驗。有個人說她變成一隻展翅高飛的老鷹，從天際俯瞰她的家人。另一個人說他像隻小鹿般在森林裡奔跑。每個人都把自己的想像敘述得活靈活現、歷歷在目。

無怪乎這個滿月擊鼓活動要在遠離城市光害、徒步越過兩座橋才能抵達的小島上舉行。這地方說近不近、說遠不遠，就像一場朝聖之旅，每一步都在爲我做準備，準備拋開一切，完全沉浸在這場儀式、自然界的神靈、聲音、知覺感受、震動和聚在這裡的人群當中。

海蓮娜最後下了句結語：「未來如果碰到了感覺寂寞的時候，各位不妨回想一下這個夜晚。」

海蓮娜答應很快就會帶我去卡累利阿最神聖的地方，有些人相信那裡是古老的芬蘭精神之所在。我不知道去到那裡會是怎樣的體驗。去了就知道了，我想。

我步出小木屋。這次我知道該怎麼走了。我沿著原路走回去。外面現在比較亮了。我抬起頭來，望著空中皎潔的滿月，細細品味大自然豐盛的恩賜和今晚滿載而歸的邂逅。

豐收之月照亮我回家的路。

28 女人當家

現今芬蘭人最敬佩的女性是塔里婭．哈洛寧。

於二〇〇〇年至二〇一二年擔任總統的她，既是芬蘭的第一位女總統，也是一位立法者，更是一位愛貓、愛打籃球的七十七歲阿嬤。

前陣子，在芬蘭國家公共廣播公司（YLE）公布的民意調查中，她是芬蘭人最敬佩的女性①。就在調查結果公布的同一週，在赫爾辛基的一個冬日裡，威廉和我守在電腦螢幕前，等哈洛寧總統跟我們視訊。因爲疫情的緣故，我們無法面對面相見。

針對這次訪談，儘管她地位崇高，我還是覺得很放鬆，或許因爲我看過她在許多照片和影片中充滿親和力的迷人風采。

哈洛寧總統和世界上的許多領袖都合照過，但令我印象最深刻的是她和普亭的

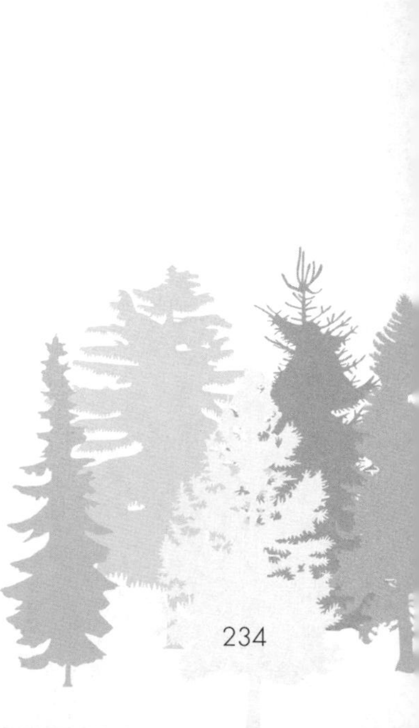

一系列影像。在她十二年的任期中，普亭身爲鄰國俄羅斯的總統，不只招待過她很多次，也多次前來拜會她。在一幅又一幅的影像中，普亭看哈洛寧的樣子就像一個膽怯害羞、卑躬屈膝的討好者，面對一股比他強大很多的勢力，跟同樣也是芬蘭女超人的麗塔・沃蘇凱寧對他的影響相映成趣。

哈洛寧總統走了進來，在她的電腦前坐下，滿面笑容地對著我們。

我迫不及待想要聽聽她對芬蘭的女力和大自然的力量有何看法。

我問她身爲領導者的祕訣是什麼。

她說：「妳不必當一個鐵娘子。鋼鐵太硬了。妳應該要剛柔並濟，也要常常懂得幽自己一默。」

前總統哈洛寧出身赫爾辛基卡利奧區（Kallio）卑微的工人階級，時至今日，她也還住在那一帶。哈洛寧的母親是一名幫傭，從前在孤兒院長大，她的父親則

① Jenny Timonen, "Yleisö äänesti: Tarja Halonen on inspiroivin nainen—kärkikolmikkoon ylsivät myös Tove Jansson ja Minna Canth," YLE News, March 8, 2021, https://yle.fi/aihe/artikkeli/2021/03/08/yleiso-aanesti-tarja-halonen-on-inspiroivin-nainen-karkikolmikkoon-ylsivat-myos

是一名水電工。哈洛寧拿到了法學學位，先後擔任過芬蘭全國學生聯盟（SYL）的祕書長、芬蘭公會中央組織（SAK）的律師、芬蘭全國性別平等組織（Seta）的主席、社會民主黨的國會議員、芬蘭首位女性司法部長和首位外交部長。

她解釋道：「在芬蘭，一切的一切都離不開大自然。從置身於大自然的校外教學，到許多家庭不可或缺、不只上流階級才有的避暑小木屋，都是人與自然共存的一環。」哈洛寧在赫爾辛基住了一輩子，但就跟多數芬蘭人一樣，她從小就浸淫在大自然之中。每年夏天，她都會和親友在鄉下度過三個月，到森林裡探險，採集野生的食材。她笑著回憶道：「要是不參加採藍莓的活動，我們就沒有藍莓派可吃了。」無論是都市人還是鄉下人，在芬蘭人的生活中，採集、料理和食用大自然的珍寶是一個反覆出現的主題。

以哈洛寧而言，她跟大自然的接觸最主要是透過赫爾辛基的一塊社區菜園，她耕耘這塊菜園已有四十年之久。在赫爾辛基有八座像這樣的大型菜園，裡面一般都有許多小木屋和一塊又一塊由碎石小徑相連的菜圃。這些社區菜園最早出現在二十世紀初，它們在大都市當中創造出綠意盎然的世外桃源，讓市民在工作之餘可以逃到離家很近的地方休閒放鬆、恢復活力。得知前總統竟然在市區擁有一塊社區菜園，而不是住在大門深鎖、圍牆很高的豪宅裡，有專業園丁代勞，聽了令人覺得耳目一新。

哈洛寧表示：「如果你一輩子都生活在大自然裡或離大自然很近，那你幾乎不會注意到它的存在，你只是感受著大自然的一切。唯有來到一個遠離大自然的地方，你才會注意到它不見了。」我心想，沒錯，我的經驗恰恰相反。在赫爾辛基，我特別注意到大自然無所不在，因爲我這輩子過慣了遠離大自然的都市生活。

哈洛寧又說：「戶外活動是我日常生活自然而然的一部分。閒暇時間，我喜歡爬爬山、種種菜，還有去天然的水域游游泳。」

話題轉移到社會和政治議題上，我問哈洛寧：「相對於其他國家，爲什麼女性在芬蘭的社會上有這麼高的地位呢？」

哈洛寧認爲答案在於歷史、苦難與奮鬥。她說：「芬蘭是一個小國。曾有七百年的時間，我們都是西邊鄰居的一部分。接著瑞典國王對俄羅斯宣戰，瑞典戰敗了，接下來一百年，我們又成了俄羅斯的一部分，幸好是享有自治權的一部分。現在，芬蘭已經獨立滿一百年多一點點，有過一次內戰、兩次跟其他國家的戰爭，也歷經許多的天災人禍。我們學會自立自強、苦幹實幹。或許，我們就是比較容易體會到一個社會需要兩性才能充分運作。在北歐這裡，社會上有悠久的女強人傳統。爲了生存，也爲了照顧家人和幫助自己的同胞，女性非強不可。」

哈洛寧細數道：「二〇〇〇年的總統大選有幾位女性候選人共同角逐，我的當選是芬蘭本就致力於性別平等自然而然的結果。競選期間，我們並未特別強調我是女性這件事。在某些方面，我們芬蘭人習慣心照不宣，大家心裡都懂，但是不會說破。或許沉默也是我們的歷史——我們懂得發聲的重要，也懂得無聲的可貴。」哈洛寧還記得，她當選總統時，小女孩都很高興，她們覺得「這下子我們高興當什麼就當什麼，要當卡車司機、流行歌手還是一國元首都可以！」

哈洛寧眼裡閃著促狹的光芒，說她曾經收到一個小男孩來信問道：「總統女士，聽說以後男生再也不能當總統了，是眞的嗎？」她回覆道：「親愛的，男生當然可以當總統了！男生女生都是有可能當上總統的。」

一位女性當了六年的民選總統，備受全國愛戴，又因爲她的政績獲選連任，再當了六年的總統。在我看來，這件事有著革命性的重大意義。我找不到可以相提並論的例子，最接近的大概是一九七九年至一九九〇年擔任英國總理的「鐵娘子」柴契爾夫人。

在我的第二家鄉美國從未有過女性總統。在我祖國日本一千八百年的歷史中，相傳曾有過八位女性天皇，但上一位已經是遠在一七七一年的事了。西元二世紀，有一位很受歡迎而被選爲女王的女巫名叫卑彌呼，邪馬台國在她的統治下國泰民安，這個國家就是日本的前身。根據中國的文獻《三國志》，卑彌呼駕崩之後，邪馬台國陷入一段血腥動盪、自相殘殺的時期，直到卑彌呼的親戚、十三歲少女臺與成爲女王，國家才恢復了秩序。

我想著，在一個男女兩性在社會上有一樣的機會、權力和責任的國家長大，不知道是什麼樣子？我想著，在一個出身工人階級的單親媽媽也能當上總統的國家長大，不知道是什麼樣子？

在這次視訊訪談的過程中，前總統塔里婭·哈洛寧沉吟道：「女性領袖有何不同嗎？我真的不知道。我們還沒有足夠的案例可以做出科學結論。」但她對女性領導的芬蘭政府在新冠元年面對疫情的處理方式很自豪，她指出：「我們的政府是一個由不同政黨組成的聯合政府，而且五位黨魁都是年紀很輕的女性，只有一位年逾四十。她們每一位都非常、非常能幹。尤其現在正值疫情期間，我覺得女性當家的結果很不一樣，因爲她們很清楚眼前的危機，就像挪威、紐西蘭和台灣的女性領袖一樣。」

現在，卸任之後的塔里婭．哈洛寧仍持續致力於她關切的議題，包括人權、勞工權益、性別平等，以及全球化、貧富不均和永續發展的問題。

哈洛寧長期支持彩虹族群的權利，她認爲這件事要追溯到她女兒小時候某個發人深省的時刻。她的女兒現在已經是大人了，但在她還小的時候，母女有一天聊到女兒的一個朋友，身爲長輩的哈洛寧說了句：「我都不知道妳那個朋友是男是女。」女兒義正辭嚴地斥責道：「媽咪，這不關我們的事！」前總統哈洛寧解釋道：「這是尊重不尊重另一個小朋友的問題。」

如今，芬蘭的首位女性總統說，她很高興能生活在一個「孩子還有童年」「童年還有得玩」的國家。

哈洛寧分享道：「如果你得面對未知的挑戰，例如難以逆料的未來，那你一定要有靈活的頭腦才行。我們不能給孩子一張未來的藍圖，但我們可以設法找出基本的問題和概念，幫他們創造一套符合未來需求的體制。」

她補充道：「現今在我國和其他國家，乃至於在國際政治上，我認爲男女兩性享有同等的權力非常重要，因爲我們需要更宏觀、更全面的意見、做法和能力。」

至於芬蘭在世界舞台上的未來，哈洛寧打趣道：「你如果頭腦還算正常，那你就知道只靠一己之力不能改變世界。」

「但你可以當一個鼓舞人心的榜樣。你可以讓全世界看到這是有可能的。」

＊＊＊

二〇一九年十二月十二日，歐洲各國的領袖齊聚在布魯塞爾一棟時髦辦公大樓的大廳等候。

他們在等一位年紀很輕、別具魅力的芬蘭女性抵達現場、掌管全局。

她的名字叫桑娜·馬林，是全世界最年輕的國家元首，三十四歲的她已爲人母，本身在一個低收入的彩虹家庭長大。兩天前，她剛獲選爲芬蘭總理，負責領導由五名女性黨魁組成的五黨聯合內閣，五位黨魁中有四位都不到三十五歲。

馬林要來主持歐洲聯盟理事會（Council of the European Union）的一場高峰會。歐洲聯盟理事會是歐盟的領導機構，成員包括德國總理梅克爾、法國總統馬克宏，以及從挪威、丹麥、斯洛維尼亞到賽普勒斯等其他二十四個歐洲國家的元首。各國輪流當歐盟理事會的輪値主席，這回輪到芬蘭，所以馬林要負責主持這場盛會。

各國領袖排排站，準備要拍大合照，但卻不見馬林的蹤影。

最終，馬林以明星出場的完美時機，在攝影師此起彼落的快門聲中壓軸登場。歐盟高峰會主席（President of the European Council）招手要她站到中間，在其他政府首腦的包圍下一起拍照。這是桑娜・馬林登上世界舞台的處女秀，她欣喜的表情反映出她的人生走到這一步是多麼不可思議。

馬林還在蹣跚學步的年紀，她的父母就分開了。媽媽是她重要的支柱，後來她由媽媽和媽媽的女友一起撫養，在赫爾辛基附近長大，儘管在一九九〇年代那時，法律還不承認同性關係，在芬蘭也很少人談這個話題。馬林日後說她覺得自己像是透明的，因爲她不能談這件事。她解釋道：「最困難的就是保持沉默。活得像個透明人讓我覺得我的家庭不健全。在大眾眼裡，我們不是一個眞正的家庭，我們家跟別人家不能相提並論。但我沒怎麼受到欺負。即使年紀還小，我就已經很直率也很倔強了。」②

在後來的歲月裡，馬林只見過父親一次。她解釋說她的父親有酒癮，母親在孤兒院長大。根據馬林的描述，她的童年有「滿滿的愛」③，但始終活在金錢壓力之下。她曾吐露道：「就跟許多芬蘭人一樣，我的家庭滿是哀傷的故事。」④

馬林表示：「對我來講，人權和人民的平等從來不是政見問題，而是我的道德

---

② Daniel Reynolds, "Finland's New Prime Minister Sanna Marin, 34, Was Raised by Two Moms," Advocate, December 10, 2019, https://www.advocate.com/world/2019/12/10/finlands-new-prime-minister-sanna-marin-34-was-raised-two-moms

③ Sheena McKenzie, "From Cashier to World's Youngest PM: Finland's New Leader Breaks the Mold," CNN, December 23, 2019, https://edition.cnn.com/2019/12/22/europe/finnish-prime-minister-sanna-marin-profile-intl/index.html

④ Megha Mohan and Yousef Eldin, "Sanna Marin: The Feminist PM Leading a Coalition of Women," BBC News, November 24, 2020, https://www.bbc.com/news/stories-55020994

概念的基礎。」她補充道：「我之所以從政，是因爲我想影響這個社會看待公民和公民權利的眼光。」[5]馬林是她家裡第一個上大學的人，當過烘培師和收銀員，拿到了碩士學位，並在中間偏左的社會民主黨內迅速竄升，以二十七歲的年紀當選坦佩雷市議會的議員，並在二〇一五年當選國會議員。馬林在坦佩雷市議會擔任副主席的影片在YouTube掀起廣泛關注，影片中的她沉著冷靜、鏗鏘有力地主持會議，凜然斥責口若懸河、廢話連篇的發言者。

第一次看到媒體對馬林的報導時，我就留下了深刻的印象，她讓我聯想到許多我接觸過的芬蘭女性。她的年輕和明星風采已經引發全球媒體的狂熱。她呈現出來的形象正是現代芬蘭女性的典型樣貌——高學歷、自信、幹練、能說多種語言、熟悉社會議題和國際事務。

二〇一八年，馬林獲任交通部長，後於二〇一九年十二月十日成爲總理。她躍升爲芬蘭政府之首就像是爲全國帶來一股清新的空氣，地方報紙的頭條標題宣告「女性主義在芬蘭開花結果」「女人治國：我們期待已久的時刻」[6]。她身上的特質令國內外的觀眾爲之驚艷。二〇一五年至二〇一九年間，芬蘭政府都由年紀較大的男性主導，大眾也逐漸習慣了這個現象。在此之前，芬蘭有過兩任女性總理，第一位是安內莉．耶滕邁基，但她只在二〇〇三年當了短短兩個月總理。第二位是瑪麗．基維涅米，從二〇一〇年至二〇一一年當了一年的總理之後，便因她的政黨得到的民意支持度跌到谷底而下台了。

相形之下，根據芬蘭前總理帕沃．利波寧（**Paavo Lipponen**）的看法，桑娜．馬林是「一代政治天才」⑦。一名記者熱血沸騰地寫道：「她在記者會和議會的表現正中芬蘭人的下懷：清晰、簡潔、冷靜，卻又潛藏一份溫暖。」⑧赫爾辛基大學的研究員提莫．米葉亭能（**Timo Miettinen**）則表示：「大家一直在說這對芬蘭的

---

⑤ Megan Specia, "Who Is Sanna Marin, Finland's 34-year-old Prime Minister?" *New York Times*, December 10, 2019, https://www.nytimes.com/2019/12/10/world/europe/finland-sanna-marin.html

⑥ Megha Mohan and Yousef Eldin, "Sanna Marin: The feminist PM leading a coalition of women", *BBC World Service*, 24 November 2020, https://www.bbc.com/news/stories-55020994

⑦ Gordon Sander, "Premier for a Pandemic: How Millennial Sanna Marin Won Finland' s Approval," *Christian Science Monitor*, April 6, 2020, https://www.csmonitor.com/World/Europe/2020/0406/Premier-for-a-pandemic-How-millennial-Sanna-Marin-won-Finland-s-approval

⑧出處同前。

國際聲譽而言再好不過了。」[9]馬林也跟大家一樣熱血沸騰，她在推特上寫道：「我爲芬蘭自豪到極點。在這裡，窮人家的孩子可以受教育，可以實現他們的人生目標，收銀員甚至能當上總理！」[10]

馬林掌權那天，地處俄羅斯邊境的伊洛曼齊有一位名叫維科的六十五歲村民表示他「很高興我們現在有一位年輕的女性總理。對於如何帶領這個美麗的國家，她有一套嶄新的想法。她很聰明，受過很好的教育，而且不接受任何人的鬼話。她既是獨立的女強人，也是她這個世代閃耀的新星。我認爲她一定會爲全世界的年輕男女樹立很好的榜樣。」[11]

赫爾辛基有一位名叫艾拉的學生更進一步吐露道：「記憶中，政治不曾令我喜極而泣過，但這次我高興得都哭了。我是在十六歲時有了政治上的覺醒。四年前，我對二〇一五年那次大選中崛起的勢力沒有認同感。現在這才是政治該有的樣子。政治應該要展望未來，顧及人民的福祉。」[12]二十六歲的研究生沃柯・薛爾茲（Vuokko Schoultz）則說，對芬蘭的年輕世代來講，「她當然是一個榜樣」[13]。針對總理馬林勞工階級的背景，薛爾茲又說：「看看她的出身。這麼多年來，我認爲她是我們最好的總理人選了。」

馬林是ＩＧ世代的領袖——在她快速崛起的期間，她在ＩＧ頁面上記錄自己的生活，包括貼出她定期出席同志遊行活動的照片。國際媒體有時將這位總理捧上了天，二〇二〇年四月號的《*Vogue*》雜誌就滔滔不絕地吹捧道：「馬林有著光滑白皙的皮膚，圓潤的臉頰以淡淡的粉色腮紅妝點，藍綠色的眼睛水靈靈的。說話

---

⑨ Sheena McKenzie, "From Cashier to World's Youngest PM: Finland's New Leader Breaks the Mold," CNN, December 23, 2019, https://edition.cnn.com/2019/12/22/europe/finnish-prime-minister-sanna-marin-profile-intl/index.html

⑩ "Sanna Marin: Estonia Apologises after Minister Mocks Finland PM," BBC, December 17, 2019, https://www.bbc.com/news/world-europe-50818032

⑪ Rachel Obordo, "'The Country Faces a Bright Future': Finnish Readers on Their New PM," *Guardian* (UK), December 10, 2019, https://www.theguardian.com/world/2019/dec/10/the-country-faces-a-bright-future-finland-readers-on-their-new-pm

⑫ 出處同前。

⑬ Gordon Sander, "Premier for a Pandemic: How Millennial Sanna Marin Won Finland's Approval," *Christian Science Monitor*, April 6, 2020, https://www.csmonitor.com/World/Europe/2020/0406/Premier-for-a-pandemic-How-millennial-Sanna-Marin-won-Finland-s-approval

時，她給人一種措辭謹慎、字斟句酌的感覺，帶了點距離感，但也很溫暖。芬蘭人一般非動即靜，要嘛率直敢言，要嘛沉靜少言，她卻動靜皆宜，渾身散發出沉著和幹練。她不是炮竹，而是環保節能長效型的燈泡——瓦數較低，溫度偏冷，但是可靠、耐久、值得信賴。」《*Vogue*》雜誌解釋道，當她成爲總理，「備受世人忽視的芬蘭政治（畢竟多黨聯盟沒什麼輝煌燦爛之處）突然顯得既稀罕又刺激」。《*Vogue*》還指出「她大概是唯一一位在IG貼出哺乳照或在臉書貼出義大利麵醬食譜的總理吧」⑭。

事實也證明馬林是一位媒體金句大師。二〇二〇年一月，在瑞士達沃斯（Davos）舉行的世界經濟論壇上，她說：「我感覺北歐國家是最能實現美國夢的地方，在這裡，無論個人背景或家庭背景如何，每個孩子都可以實現心目中的目標，因爲我們有很好的教育系統。」她還補充道：「我們有良好的健保制度和社會福利系統，任何人都可以成爲自己想成爲的人。這可能就是芬蘭被評爲世界上最快樂的國家的其中一個原因。」⑮

二〇二〇年間，芬蘭有效對抗新冠疫情之際，有些政論家稱讚馬林和她的聯合內閣是女性卓越領導力的典範。連同芬蘭在內，紐西蘭、冰島、挪威等等以女性爲元首的國家病例數都相對較低。二〇二〇年六月的《南華早報》（*South China Morning Post*）就說：「這些國家的病例數和死亡率都是最低的，截至目前爲止，它們對新冠病毒危機的因應措施也是最好的。它們還有一個引人矚目的共同點，就是都由能力很強、英明果斷且富有才幹的女性領袖來治國。」⑯對此，馬林倒是抱持保留態度，她向英國廣播公司（**BBC**）表示道：「也有男性領導的國家做得很好，所以我不認爲這跟性別有關。我認爲我們應該要把焦點放在那些做得很好的國

---

⑭ Rachel Donadio, "How a Millennial Prime Minister Is Leading Finland through Crisis," *Vogue*, April 1, 2020, https://www.vogue.com/article/millennial-prime-minister-leading-finland-through-crisis

⑮ Vicky McKeever, "Nordic Countries Are Better at Achieving the American Dream, Finland PM Sanna Marin Says," CNBC, February 4, 2020, https://www.cnbc.com/2020/02/04/sanna-marin-nordic-countries-best-embody-the-american-dream.html

⑯ Kenn Anthony Mendoza, "Meet Sanna Marin— Finland's Female Millennial Prime Minister, from an LGBT Family, Leading the War on Coronavirus," *South China Morning Post*, June 23, 2020, https://www.scmp.com/magazines/style/news-trends/article/3090246/meet-sanna-marin-finlands-female-millennial-prime

家學到什麼經驗。」⑰

面對媒體對她的外貌、年紀和性別的著墨，馬林典型的反應就是淡淡地帶過。她告訴《時代》（*Time*）雜誌：「或許因爲相較於別的地方，這在芬蘭沒什麼大不了的。」⑱畢竟，到了二〇二〇年，女性占了芬蘭國會議員近半數的席次。而且，之前已經有過兩位女性總理，她是第三位了。她說：「在我待過的每一個職位上，我的性別總是一個話題，大家總是繞著我是年輕女性這件事打轉。我希望有一天性別不再是個議題，不會再有人拿這件事來問我。我想竭盡所能把工作做好。比起一名中年男性，我沒有比較好，也沒有比較差。」⑲馬林掌權之後，她表示女性掌權「不是什麼了不起的大事」，並補充道：「希望女性掌權在未來能成爲新的常態，我一直都強調我們還有很多工作要做。」⑳

馬林的特質和邵利．尼尼斯托形成鮮明的互補和對比。現年七十二歲的尼尼斯托自二〇一二年以來擔任芬蘭總統，他是溜直排輪的好手，當過法官、警察局長、司法部長和財政部長，本身也大力支持性別平等。尼尼斯托對逆境也不陌生。二十年前，他的第一任太太在一場致命車禍中喪生。二〇〇四年，他和兒子在泰國碰上了印度洋大地震引發的海嘯，父子倆爬到電線桿上才逃過死劫。

二〇〇九年，尼尼斯托娶了小他二十九歲的記者彥霓・豪奇歐（**Jenni Haukio**），兩人目前育有一名三歲的兒子。以芬蘭的體制來講，總統以一國元首的身分專注於外交、軍事和國家級的典禮等事宜，總理則專注於內政上的日常事務。

二〇二〇年底，桑娜・馬林和邵利・尼尼斯托的民意支持度都居高不下，高到《外交政策》（**Foreign Policy**）雜誌寫道：「芬蘭可謂擁有全歐洲最受歡迎的民選政府。」並補充說尼尼斯托是「西方國家唯一一位和俄羅斯總統普亭及美國總統川普

---

⑰ Megha Mohan and Yousef Eldin, "Sanna Marin: The Feminist PM Leading a Coalition of Women," BBC News, November 24, 2020, https://www.bbc.com/news/stories-55020994

⑱ Lisa Abend, "Finland's Sanna Marin, the World's Youngest Female Head of Government, Wants Equality, Not Celebrity," *Time*, January 17, 2020, https://time.com/collection-post/5764097/sanna-marin-finland-equality/

⑲ "Sanna Marin Opens Up About Sexism In Politics," *Vogue UK*, October 16, 2020, https://www.vogue.co.uk/arts-and-lifestyle/article/sanna-marin-finland-prime-minister-interview

⑳ Belinda Goldsmith, "Equality Won't Happen by Itself, Says Finnish PM," Reuters, January 23, 2020, https://www.reuters.com/article/us-davos-meeting-women-idUSKBN1ZM1KR

關係都很好的領袖。」㉑

我們一家三口剛到赫爾辛基落腳時，總理馬林在ＩＧ掀起的熱潮讓她的名氣更是水漲船高。第一波熱潮是在二〇二〇年八月，馬林宣布她和馬庫斯・萊科寧（**Markus Räikkönen**）新婚的消息。萊科寧是一位業務主管，兩人十八歲就認識，愛情長跑很久了。她貼出他們在夏季海岸（**Kesäranta**）的小型戶外婚禮照。夏季海岸是一棟富麗堂皇的十九世紀木造別墅，位於波羅的海岸邊，自一九一九年起就是歷任芬蘭總理的官邸。《閒談者》（***Tatler***）雜誌彷彿屏息讚歎般報導道：「桑娜・馬林穿著一襲白中帶灰、仙氣飄飄的長袖婚紗，裙長拖地，飄逸的頭紗別在髮後，望之令人驚艷。她的捧花是白牡丹襯以綠葉。曾是芬蘭足球協會球員的新郎倌則穿著經典的燕尾服，看起來很時髦。」㉒

宣布結婚消息時，馬林在ＩＧ上貼文道：「昨天，我們對彼此說了『我願意』。可以和我愛的男人共度一生，我很高興也很感激。我們一起看過許多人生風景，一起經歷了很多事情。我們同甘共苦，在人生的低谷和風暴中互相扶持。我們一起度過了年輕的歲月，一起為我們心愛的女兒成熟起來。對我而言，在所有人當中，你就是那個對的人。謝謝你陪在我身邊。」

在成爲總理之前，馬林和她先生平分六個月的育嬰假，好讓雙方都有時間陪伴他們現年三歲的女兒。一當上總理，馬林和她領導的政府就宣布了延長育嬰假、一個家庭當中雙親的育嬰假日數相等的計畫，賦予每位父母將近七個月、每對夫妻總計十四個月的有薪育嬰假。

二〇二〇年十月，芬蘭時尚雜誌《趨勢》（*Trendi*）刊出了一張馬林的西裝照。照片中，她穿著時髦的黑色低胸西裝外套，裡面顯然沒穿上衣或襯衫。驚世駭俗的畫面引發軒然大波，批評者譴責這套服裝有失總理的身分，支持者則主張她有權發布自己的美照。爲了捍衛馬林，成千上萬不分男女的支持者紛紛在推特上貼出自己

㉑ Gordon Sander, "Finland's President Can Hold His Own with Both Putin and Trump," *Foreign Policy*, September 10, 2020, https://foreignpolicy.com/2020/09/10/finlands-president-niinisto-can-hold-his-own-putin-trump/

㉒ Annabel Sampson, "Prime Minister Sanna Marin Marries Her Partner of 16 Years," *Tatler*, August 3, 2020, https://www.tatler.com/article/finlands-prime-minister-sanna-marin-marries-markus-raikkonen

穿著類似服裝、擺出相同姿勢的照片，並標註#ImWithSanna。

然而，在她的任期內，馬林絕大部分的時間都專注在總理的重責大任上。她說：「芬蘭不是夢想中的世界。我們也有我們的問題。全國上下每天都要爲平等而戰，爲更好的生活奮鬥。」她強調道：「這不是別人的工作。」[23]

在她第一次的新年總理致詞當中，馬林表示她想將芬蘭打造成一個「經濟負責、社會平等、環境永續的社會」[24]。她的目標包括拉近兩性的薪資差距、在二〇三五年達到全國「碳中和」、降低家暴率、強化教育系統，以及改革芬蘭老舊過時的性侵防治法和跨性別權益法。

馬林曾說：「我想建立一個人人都能活得有尊嚴的社會，在這個社會上，每個孩子都能有尊嚴地長大，成爲任何自己想成爲的人。一個社會的力量不是以金字塔頂端的成員來衡量，而是以最弱勢的公民能夠過得多好來衡量。我們要問的是：是否人人都有機會過上有尊嚴的生活？」[25]

在二〇二一年三月發表的一場演說中，馬林指出：「女人充分且平等地參與社會，使芬蘭的進步成爲可能。一百年前，芬蘭還是一個被衝突撕裂的窮國。由此可

知，占全國一半人口的女性潛力不容忽視。」㉖

如同許多的世界領袖，馬林最有可能受到評論的政績，就是她和她旗下的官員如何因應新冠肺炎的疫情。二〇二〇年三月中旬，她無預警採取了封鎖全國多數地區的行動，並動用緊急授權法案（**Emergency Powers Act**），此舉看來將同年後來的病例數壓得極低。相隔正好一年之後，感染人數突然暴增，馬林採取同樣果斷的措施，全國進入第二波的大範圍封鎖行動，此舉也顯得很成功，到了二〇二一年六月就放鬆了限制。

㉓ Vicky McKeever, "Finland's Sanna Marin Hopes Women Leaders Will Be the 'New Normal,'" CNBC, January 23, 2020, https://www.cnbc.com/2020/01/23/davos-2020-finland-pm-sanna-marin-discusses-gender-equality.html

㉔ "Prime Minister Sanna Marin's New Year's Message, 31.12.2019," https://valtioneuvosto.fi/en/-//10616/paaministeri-sanna-marinin-uudenvuoden-tervehdys-31-12-2019

㉕ 出處同前。

㉖ "Prime Minister Sanna Marin's speech at the Generation Equality Forum," https://vnk.fi/en/-/prime-minister-marin-s-speech-at-the-generation-equality-forum

二〇二一年七月，德國新聞雜誌《明鏡》（*Der Spiegel*）根據「超額死亡人數」❶「對人民生活與自由的限制」「與疫情前的預測值相比，國內生產毛額的表現」和「第一劑疫苗覆蓋率」等四項指標，將芬蘭評為全世界處理新冠危機最成功的國家。

若是馬林成功帶領全國走出這場危機，那麼她的未來應該是一片光明——目前是邵利．尼尼斯托的第二個也是最後一個總統任期，新近的一項民調顯示，當他的任期於二〇二四年屆滿時，馬林是民眾心目中繼任總統的首選。

❶超額死亡人數或額外死亡人數（excess mortality）意指非常時期（例如疫情期間）比平常時期（例如爆發疫情之前）多出的死亡人數。

29 霧之女神

一路上我發現
許許多多的神話
曾經學過的咒語
聚集在鳥語花香的小樹林裡
從樹枝上吹拂而來
從羽毛般的松葉間揀選而出
從藤蔓與花朵發出香氣
當我跟隨羊群穿過香甜如蜜的草地
當我越過綠油油、黃澄澄的山頭

一路向我耳語……

——《卡勒瓦拉》

我坐在懸崖上，與芬蘭的神靈神交。

重重濃霧湧上科利山的兩側，這座一一三八英尺（約三四七公尺）高的小山俯瞰這一帶的平原，形成卡累利阿和全國的精神中心。霧氣遮蔽了平日裡雄偉壯觀的皮耶利寧湖和四面八方綿延不盡的森林。

在我身邊的是帶領約恩蘇滿月擊鼓活動的人類學家和薩滿老師海蓮娜，跟在我們身後上山的除了我的先生和兒子，還有海蓮娜的朋友埃羅，也就是那位芬蘭及卡累利阿聖歌和詩謠的演唱家。埃羅曾說：「有些詩謠賺人熱淚，有些詩謠使人強壯。」

海蓮娜提議帶我們到這裡充電一天，靜下心來沉澱沉澱。包括她在內，這裡對許多的芬蘭人和遊客來講都是一個精神上的聖地。在一八九〇年代的黃金時代，被稱之爲卡累利阿主義（Karelianism）的浪漫民族主義蓬勃發展，並促成了芬蘭的

獨立。從那之後，科利山就是芬蘭藝術家、作家和作曲家最愛的讚歎之地與靈感殿堂。之前我已來過山頂幾次，也從這裡欣賞到陡峭懸崖上茂密的杉樹林與樺樹林，以及懸崖下皮耶利寧湖一片遼闊的美景。

「很壯觀的一個地方。」我讚歎道。

海蓮娜回道：「這裡是療癒之地、力量之地和尋求指引之地。我相信養成沉思冥想的習慣是身心靈穩定的基石。在芬蘭的傳統當中，我們不像日本、印度或中國一樣有靜坐或禪坐的文化，但我們的生活方式卻深具禪意。摘藍莓、採蘑菇、冰上釣魚都是一種生活禪。芬蘭人是一個好靜的民族。我們很享受大自然的寧靜，也很享受思緒的平靜。」

根據芬蘭的民間傳說，這片土地上滿是各式各樣的妖怪、精靈、神仙和惡魔。其中最有分量的是森林之神和森林女神，也就是塔皮奧和祂的妻子米耶莉基（Mielikki），塔皮奧長得又高又瘦，頭戴一頂尖尖的樹葉帽，身披一件苔蘚大衣，米耶莉基則渾身穿戴了精美的珠寶。祂們生活在森林深處一座雄偉的木造城堡當中，獵人向祂們禱告，祈求狩獵成功。易怒的小妖怪「馬西賽特」（Maahiset）住

在樹下和房屋底下。教堂的祭壇下則住著「教堂小精靈」（Kirkonväki），這些小傢伙能爲受苦受難的禱告者帶來安慰。

今天顯靈的似乎是住在天界之巔掌管山嵐霧靄的女神兀塔（Untar），凡間的霧氣是祂用一個銀篩子篩下來的。海蓮娜打從嬰兒時期就來科利國家公園玩，四十多年來，她從未見過像現在這麼濃的霧。她猜想，今天的天氣是要藉由遮蔽眼前的視線邀請我們「向內看」。一陣微風拂來。

我們所坐的地方是一座平滑的花崗岩丘，這座岩丘被稱爲「阿卡科利」（Akka-Koli，意指科利老太太），跟近處一座稍高一點、名叫「烏可科利」（Ukko-Koli，意指科利老先生）的岩丘成雙成對。在芬蘭神話中，烏可是所有神靈中年紀最長、力量最強的，祂控制雷電、收成、力量和繁榮發展。根據神話的敘述，祂的太太和親密夥伴阿卡則是一個力大無窮的女神。這座巨大的灰色石英岩丘是十九億年前拔地而起的火山群島最後的遺跡。表面曲線玲瓏的岩丘陡峭得看不見下方的岩壁。

海蓮娜說：「我是正宗的卡累利阿人。我母親的家族來自利佩里（Liperi），那裡是北卡累利阿的核心地帶。至於我父親那邊，算起來我是約恩蘇卡爾胡氏的第

六代。在約恩蘇之前，我們卡爾胡氏的祖籍是維普里，也就是現今俄屬卡累利阿的維堡。」她解釋說「卡爾胡」的意思是「熊」。一般而言，熊是一種很害羞的森林動物，在芬蘭的部落文化中，牠們被尊為有靈性的聖獸，並被暱稱為「山中蜜爪」「樹叢的驕傲」和「森林裡的毛朋友」。

還是個小女孩的時候，海蓮娜去探望年邁的外婆。外婆跟她很親，但這一次的探望卻讓她們發現外婆中風了，而且再也不能說話了。海蓮娜回憶道：「媽媽和我發現她的時候，我也在外婆家的桌子上發現她在紙上寫了兩行字：『妳有古松的遒勁與智慧，也有小草的輕盈與柔韌。』」這就是她最後留給女兒和孫女的一句話了。

阿卡科利的丘頂上，風越來越強，霧也越來越濃，能見度只有眼前幾步。威廉伏低身體，雙手、雙膝撐在滑溜溜的岩面上，免得被風吹得無影無蹤。

在無人打擾的丘頂上，海蓮娜和埃羅伸手到他們的袋子裡，拿出鼓和鼓棒。海蓮娜閉起眼睛，口中念念有詞：「願召喚我們的祖先、守護天使、指導靈、佛陀、菩薩、瑜伽士、仙子、精靈和自然界的神靈，今日在此為我們顯靈，為我們指點迷

津。進入無所思、無所爲、無所往的冥想狀態後，我們的心是安定的。讓我們感受腳下潔白的石英岩。讓我們與古老的力量相連。」

埃羅開始輕輕擊出飄渺的鼓聲，海蓮娜也加入他的行列。埃羅說：「我們來唱一首獻給大地之母的歌。地上不同的地方長出樺樹、白楊、檟木和松樹等等不同的樹木。大地之母承載著這一切。我來唱、你們來和。」埃羅唱起一首動人的卡累利阿民謠，他唱一句，我們跟著唱一句，就這樣持續了一陣子，越來越響的鼓聲和風聲融爲一體。

獵獵狂風在我們周遭呼嘯。我閉上雙眼，在岩丘上縮成一團，聽著鼓聲、風聲和樹葉、樹枝隨風搖擺、舞動的聲音。

這趟朝聖之旅，我本來不確定我們的兒子想不想跟，但他不止熱情參與，現在還整個人攤開來，趴在岩丘的一側，即興地隨著鼓聲擺動。

鼓聲慢了下來。四周還是颳著陣陣強風。海蓮娜彎身把額頭靠在岩石表面上。我也低下頭靠著岩石，全身上下吸收著鼓聲的餘震。我和四周的一切共振，與整個遼闊的宇宙相連。在這悲劇、痛苦、恐懼橫掃全球的一年，在歷經將近十三年爲人

母親的喜悅與挑戰之後，此刻我強烈感受到自己的身心靈得到了療癒與重生。我依從大自然的旨意向內看，想著這一刻對我們一家人來講是一種精神上的整合，多元化的信仰體系和聲音及大自然連成一氣。

就跟天底下所有父母一樣，我們的兒子出生時，我覺得這個小傢伙是我這輩子見過最美的事物了。威廉和我在紐約的聯合國教堂中心（Church Center of the United Nations）辦了一場跨信仰家庭的新生兒祈福儀式。舉行儀式的小禮拜堂裡展示著全世界幾大信仰的象徵。在日本，我們的日常習俗裡交織了佛、道、儒的思想，我就在這樣的文化背景中養成我的道德觀。到了國高中的階段，我念的都是天主教學校。在天主教學校，耶穌和聖母馬利亞象徵著無所不在的大愛。生活在紐約市，我也開始熟悉其他的信仰。新生兒祈福儀式上誦念的經文在我腦海迴盪，這些段落來自美洲原住民的〈新生兒太陽禱文〉和〈新生兒宇宙禱文〉：「今日，我們幸獲麟兒……願他在大地上安然行走、居住……萬事平安、萬事美好、萬事幸福。今日是我們的孩兒蒙受陽光恩寵之日……當祢的道顯明時，願我們活在祢的思想之中，願我們被你的思想擁抱。」

距離那場儀式已過了將近十三年。生兒育女是人生最有挑戰性但收穫也最大的責任了。沒得排練，沒有操作手冊；每個孩子都是獨一無二的。爲人父母很辛苦，一路上充滿了未知、懷疑和犯錯。在體力、情緒、心理、精神和內外在各方面，這都是一份全天候的工作。它考驗你的毅力、本能、智慧和耐心。對我而言，養育一個孩子最珍貴的附帶好處，就是透過孩子的眼光看世界，以你前所未知的方式成長。我努力當一個好榜樣，因爲言教不如身教。有時我先生和我做得很失敗，也有時我們做得很成功。我學著反躬自省，盡可能改進自己的行爲。或許，孩子不是要來讓我們養育的，而是要來給我們啓示的。

我希望我們的兒子會記得和父母、朋友在山頂迎風擊鼓的這一刻。

我希望他會記得在紐約市度過的童年，那裡集世界上這麼多有創意、有品味、有挑戰性的東西於一地。我也希望他會記得在芬蘭度過的童年，這裡的小孩可以當個小孩就好，芬蘭人鼓勵孩子們活得沒有壓力，從活動、發現、歡笑與遊戲中學習，不必用功過度。

我希望他會記得自己得天獨厚，有機會生活在一個人與人像這裡一樣深深關懷彼此的社會，一個女性同胞像這裡一樣備受尊重的社會。

埃羅和我們的兒子撤退到遊客中心，去吃頓熱騰騰的午餐，順便把身上的汗晾乾。海蓮娜則邀威廉和我跟她一起，深入科利山的自然世界。

她說：「我想帶你們去看一座山洞。那是一個很少人會去的地方，因爲那裡不容易發現，遊客也很難去到那裡。那座山洞沒有名字，多數人都不知道它的存在。那是這一帶最神聖的地點之一，而聖地通常都在交通不便的地方，總得花點功夫才到得了。」

她帶我們爬下一道陡坡，這裡沒有路，只有高低不平的植被、樹枝和泥巴，我們滑倒了就會從泥地上滑下去。重重濃霧繚繞不去，營造出一種神祕的、電影般的仙境場景，附近險象環生的地勢都籠罩在濃霧之中。

我們順著山的一側爬啊爬，來到一顆從崖壁上突出來幾英尺的三角形巨石前，這顆巨石看起來就像一顆熊頭的側影。海蓮娜低下頭，從熊頭的下巴底下穿過去，消失在另一邊。我們跟了上去。我看到巨大的熊頭岩後方有個斜三角形的入口。海蓮娜彎身走了進去。我尾隨在後。現在，我們在一個密閉的空間裡。這裡很安靜。

一點風都沒有。我們坐在熊頭的後方。海蓮娜坐在山洞的最深處，開始從她的背包裡拿出幾件東西。

她說：「我們現在在大地之母的子宮裡，和我們的祖先在一起，置身於神靈的領地之中。」

海蓮娜說：「我有一件禮物要給你們。這是我自己做的，就當是歡迎你們來到科利世界的見面禮。」她遞給我一件與肩同寬的細長物品，外面包著一塊卡其色的布料，我把卡其布打開，發現裡面是一根細長、別緻的毛氈頭鼓棒，毛氈頭有著淡粉、淺灰、深藍和黑色相間的色彩。

我問：「這個鼓棒頭也是妳自己做的嗎？」

海蓮娜說：「是的，整枝鼓棒都是我做的。黑色和灰色的部分來自天然的芬蘭羊毛，粉色和藍色的部分是尼泊爾羊毛氈。鼓棒則是用北卡累利阿的松木做的。」

我很喜歡這件禮物。

她接著拿出一枝蠟燭，說：「這是埃羅送的，是他從瓦拉莫東正教修道院（Valamo Orthodox Monastery）帶回來的。我來爲你們點燭火。」

海蓮娜轉身面向山洞裡一個由石塊形成的封閉小空間。她把蠟燭點燃，放在小石頭之間。火苗瞬間往上一竄，燭心散發出溫暖的橘光。海蓮娜談到自然和意識的能量，並爲我們一家人的成長茁壯與幸福快樂祈福、祝禱。

科利山是芬蘭的心臟與靈魂，而這座山洞成了科利山上的一座祭壇。在我感覺起來，這座臨時的森林祭壇就像任何一座眞正的教堂、廟宇或神殿，我在此祈求祖靈和天地間的神靈賜我力量與智慧，助我面對人生的挑戰。海蓮娜搖起了沙鈴來。我的眼睛是睜開的，但對一切視而不見。我的耳朵是打開的，但對一切充耳不聞。在這個橘光滿溢的神聖岩洞裡，我的思緒豁然開朗。

* * *

海蓮娜說：「我還想帶你們去看一個地方——達爾哈普羅瀑布（Tarhapuro waterfall）。這座瀑布與仙界相連，通往大自然的精靈世界。這些精靈幫助我們走進內在的童年淨土，提醒我們保持純眞的玩心。我從祂們身上學到了很多。」我們開車到皮耶利寧湖邊的一個停車地點，海蓮娜、威廉和我走進一片森林，來到綠意盎然、長滿野生香草的幽靜山谷之中。

我跟著海蓮娜，威廉跟我們分開了。我們沿著一道遍地亂石的山坡，朝流水奔騰、詩情畫意的瀑布爬上去。海蓮娜疑惑地說：「奇怪，我今天怎麼感覺不到這些精靈的存在。祂們不在這裡。」

爬回原路的途中，我們碰到了威廉。他興奮得不得了。

他喊道：「我看到了！我眞的看到了！」

我問：「你看到什麼了？小精靈？」

「不是，我看到祂們的房子了，到處都是！」我不禁懷疑他剛剛在樹林裡偷吸了什麼。

稍晚，威廉給我看了他拍下的難以置信的畫面。在山上的某個地方，他撞見山坡上有一大片的土窩，一個個的門形小洞看起來就像哈比人的家門口。許多土窩的前面都有梯田般的空地，空地上的色彩猶如抽象畫一般，最奇怪的是「門口」兩側種了超迷你的常綠樹。他說他看到很多像這樣的土窩聚落，他猜想小精靈就躲在裡面睡覺，也說不定去別的地方開會了之類的。一切在當下看來都如此眞實，照片也似乎證實了他的說法。我們一定要找一天再回來一探究竟。

那天，我們的最後一站是皮耶利寧湖岸邊的一片沙灘，埃羅在那裡爲我們唱了一首卡累利阿送別詩謠。

臨別前，海蓮娜針對這個地方最特別之處發表了一點感言。她說：「有些研究者認爲卡累利阿地區是女人的國度。傳統上，這裡在西元前就過著母系社會的生活。我覺得北歐人的特質主要是陰柔的。北國是精神的王國，而在精神的王國裡，眾生都是平等的，兩性懷著謙虛的心彼此尊重，每個人都不會把自己擺在第一位，如此一來，社會上人人都能得到眞心的支持。」

海蓮娜說：「或許我們的平等精神就是這麼來的。或許我們可以幫忙把這份平衡帶給全世界其他地方。」

30 女人國

在遙遠的神話和文獻中，有零星的線索指出現今芬蘭的國土上曾經存在一個「女人國」。

根據研究芬蘭文學的學者卡麗娜．卡伊洛（Kaarina Kailo），從西元九十八年的羅馬歷史學家塔西陀（Tacitus），到中世紀德國不來梅的編年史家亞當（Adam von Bremen），數世紀以來的學者都對北方神祕的女人國（Terra Feminarum）很好奇，亞當更在他的著作中提到，女人國是瑞典東部一個由女人統治的國度。

在亞當於西元一〇七五年撰寫的記述中，女人國住著強悍、崇尚自然的亞馬遜人❶，她們的領土介於瑞典和俄國邊境之間，位置相當於現今的卡累利阿。卡麗娜．卡伊洛在她的書中寫道：「西元前的北歐文化可能是比較重女輕男的文化，在我

看來，女人國大概就是這種文化的搖籃。我認爲女人國位於斯堪地那維亞、芬蘭、薩米人所在的拉普蘭區和俄羅斯的芬蘭—烏戈爾語族所在地區的交集地帶。」①

好幾世紀前，現爲芬屬卡累利阿的地區住著芬蘭原住民族「薩米人」。傳統上，薩米人以富有魔力的女薩滿爲社會上的領袖。在源自古代民族文化記憶的民間史詩《卡勒瓦拉》當中，北方有一塊叫做波赫約拉（**Pohjola**）的領地，由法力強大、令人畏懼的女薩滿婁希（**Louhi**）領導。爲了守護神話中能令人飛黃騰達的石磨，婁希也參與了「三寶磨」的爭奪戰。

幾年前，爲了探究傳說中的女人國可能的地點，赫爾辛基大學的兩位研究人員

---

❶ Amazon，古希臘神話中全族皆為女戰士的一個民族。

① conversation with Kaarina Kailo based on her books *Finnish Goddess Mythology and the Golden Woman: Climate Change, Earth-based Indigenous Knowledge and the Gift*, see excerpt at: https://www.magoism.net/2018/06/book-excerpt-1-finnish-goddess-mythology-and-the-golden-woman-climate-change-earth-based-indigenous-knowledge-and-the-gift-by-kaarina-kailo/ and Barbara Alice Mann & Kaarina Kailo, *Wo/men who Marry Bears: The Antiquity and Spread of Maternal Bear Spirituality*。

里斯多・普基能（Risto Pulkkinen）和馬可・薩門基維（Marko Salmenkivi）分析了芬蘭各地理區域的地名。他們很驚訝地發現「婁希」一詞在北卡累利阿這裡的出現率「奇高無比」，尤其是在科利山兩側的皮耶利寧湖一帶。普基能說：「我們的結論是：在古時候，波赫約拉和女人國有可能位於皮耶利寧這一區。」②

換言之，當我在科利山的山坡上和山洞中探索時，還有當我在皮耶利寧湖畔漫步時，我都有可能是走在古時候女人國的領土上。

＊＊＊

對我而言，本來只是全家人短期的旅居，後來卻變成對一個北歐國家綿長的愛戀、一場意外來到截然不同的社會朝聖的精神洗禮，以及一段振奮人心、豐富人生的姐妹情誼之旅。

來到現代的芬蘭遊覽、生活，向芬蘭人民和我失散已久的卡累利阿姐妹學習過後，我越來越相信神話中的三寶磨不只是一個變出黃金與成功的石磨、聖杯或金羊毛，也是一份深刻的見解。

一份能夠啓發和改變這個世界的見解。

那份見解就是：從國家大事到家務事，當一個社會致力於眞心、虛心地相互扶持，男女兩性都擁有充分的力量和領導權，當這個社會深深關懷全體人民，並爲全體人民的福利與健康快樂服務，當人民懷著敬天敬地的態度，日常生活都與大自然密不可分，這個社會就會蓬勃發展。

芬蘭人讓我們看到這是做得到的，而且，他們也率先承認目標尙未達成，工作仍在進行。

這一切是我千眞萬確的親身經歷。

在一座魔幻森林的心臟地帶，這份眞實的經歷餵養了我的靈魂與肉體。

---

② Janne Ahjopalo, "A Surprising Discovery in Folk Culture: Women Ruled North Karelia?" YLE News, November 26, 2014, https://yle.fi/uutiset/3-7652321; Juha Pentikäinen, *Kalevala Mythology*, Expanded Edition (Indiana University Press, 1999), p. 172.

31 魔幻森林姐妹食譜

一、馬大人的卡累利阿派（三款餡料）
二、拜依維的褐色雞油菇餅乾
三、瑪蕾的越橘莓粥
四、馬大人的山桑子（藍莓）冷湯
五、馬大人的蕁麻湯
六、馬大人的夏日蒲公英沙拉
七、馬大人的家傳香煎鱸魚
八、馬大人的蔬菜蒔蘿鮭魚湯
九、瑪伊雅─莉伊莎的莓果雜糧麵包
十、瑪伊雅─莉伊莎的雲杉芽糖漿

馬大人的卡累利阿派（三款餡料）

在溫暖的月份裡，品嚐這道地方美食的最佳地點就是約恩蘇市民廣場上的馬大咖啡館（地址：Marttakahvio ja piirakkapaja, Kauppatori, 80100 Joensuu），而我必須要說，僅次於馬大咖啡館的首選就是你家廚房了。以下是馬大人的卡累利阿派食譜。

份量：20 個派

食材

餡料一：粥

- 水 250 毫升（公制一量杯）
- 米 5.6 盎司（約 160 公克）
- 牛奶或植物奶（例如豆漿、燕麥奶、杏仁奶等等）750 毫升
- 鹽 1/4 小匙
- 蛋 1 顆

餡料二：紅蘿蔔

- 水 800 毫升
- 米 2.8 盎司（約 80 公克）
- 紅蘿蔔丁 2.8 盎司（約 80 公克）
- 乳脂含量 10% 或 15% 的鮮奶油或植物性鮮奶油 200 毫升
- 鹽 1/4 小匙
- 蛋 1 顆

餡料三：甜菜根

- 水 800 毫升
- 米 2.8 盎司（約 80 公克）
- 甜菜根丁 2.8 盎司（約 80 公克）
- 乳脂含量 10% 或 15% 的鮮奶油或植物性鮮奶油 200 毫升
- 鹽 1/4 小匙
- 蛋 1 顆

派皮麵團

- 水 150 毫升
- 油 1 大匙
- 鹽 3/4 小匙
- 黑麥粉 6 盎司（約 170 公克）
- 小麥粉 2 盎司（約 57 公克）

表面刷料

加水的融化奶油或蔬菜油

步驟

先將餡料備妥。

餡料一「粥」備料步驟：

1. 滾水煮粥十分鐘，邊煮邊攪拌。
2. 加入牛奶，燉三十分鐘，攪拌粥底。蓋上鍋蓋續燉，不超過十分鐘。
3. 加鹽調味，放涼。
4. 將蛋拌入放涼的白粥當中。

餡料二「紅蘿蔔」和餡料三「甜菜根」備料步驟：

1. 紅蘿蔔／甜菜根和米倒入滾水中煮三十分鐘，不時攪拌一下。
2. 加入鹽巴和鮮奶油，燉十分鐘。
3. 將燉好的粥倒入扁平的容器內放涼，滴一滴冷水到粥的表面，防止表面結一層硬殼。
4. 將蛋拌入放涼的粥當中。

製作派皮：

1. 用木叉將水、油、鹽、麵粉和在一起，將麵糰揉至光滑、扎實。
2. 在桌面上灑一些黑麥粉和小麥粉，再將麵糰放上去，分成二十等份。
3. 用沾濕的廚房紙巾蓋住分好的麵糰，防止麵團乾掉。
4. 用桿麵棍將每份麵糰桿成圓形或橢圓形的薄皮。將麵皮一張一張疊上去，每張麵皮之間撒一些黑麥粉。用沾濕的廚房紙巾蓋住疊成一落的麵皮。盡快將餡料填入麵皮中，以免麵皮黏在一起。
5. 將麵皮拿到烘培桌上，在麵皮中央抹一匙餡料（餡料厚 0.40 英吋，約 1 公分），在麵皮的邊緣留大約 0.40 英吋（1 公分）的空間。
6. 將麵皮朝餡料折進去，用食指將麵皮邊緣捏皺。
7. 烤盤上鋪一層烘培紙，將捏製好的派移到紙上。
8. 以華氏 525 ～ 570°（攝氏約 274 ～ 298°）烤十五分鐘。
9. 在烤好的派表面刷一層加水的融化奶油或蔬菜油。
10. 將刷好油的派一一疊放在碗中，蓋上烘培紙和一塊布。

拜依維的褐色雞油菇餅乾

在我們碰頭的咖啡館外面的停車場，蘑菇女王拜依維從她的後車廂拿出一個長方形的扁盒。她什麼也沒說，只是把盒蓋打開，裡頭整齊擺放著自家烘培的餅乾。她請卡蒂亞、珍妮和我嚐嚐看，我們每人拿一片吃了起來。接著，拜依維倒了一些黑色的飲品到杯子裡請我們喝。「白樺茸茶！」我們都等不及要踏上採菇之旅了。

份量：25 片餅乾

食材

- 乾燥褐色雞油菇 0.2 盎司（約 6 公克）
- 奶油或素食替代品 2.6 盎司（約 74 公克）（＊譯註：在烘培上，可用椰子油、堅果油、酪梨油等素食油品代替奶油。）
- 蛋 1 顆
- 砂糖 3 又 1/2 大匙
- 燕麥片 2.2 盎司（約 62 公克）
- 麵粉 1 大匙
- 泡打粉 1/2 小匙
- 鹽 1 撮

步驟

1. 烤箱預熱至華氏 350°（攝氏約 177°）。
2. 將乾燥雞油菇碾成碎塊。
3. 將奶油或素食替代品融化。
4. 蛋打散，將蛋液倒入奶油中。
5. 取一大碗，混合所有乾性食材。
6. 將混合好的乾性食材加入奶油蛋液中，全部混合成糊。
7. 在烤盤上鋪一張烘培紙。
8. 挖一小匙餅乾糊，放在烘培紙上，重複到餅乾糊用完爲止。
9. 以華氏 350°（攝氏約 177°）烤餅乾十分鐘。
10. 將餅乾置於烤盤上放涼，鬆開烘培紙，小心地將餅乾剝下來。
11. 開動！（吃剩的餅乾用密封保鮮盒保存，以保持酥脆的口感。）

瑪蕾的越橘莓粥

芬蘭人的早餐、飯後甜點和休閒零食都愛吃粥。孩子們放學回家就直奔冰箱，給自己來碗甜粥當作午後點心。這是芬蘭的傳統。在馬大協會的瑪蕾家，冰箱裡總有這道家常甜粥等著迎接她的孩子們。

份量：4 人份

食材

- 水 1 夸脫（946 毫升）
- 冷凍或新鮮的越橘莓或小紅莓 1 磅 8 盎司（680 公克）
- 粗粒小麥粉 3.5 盎司（約 100 公克）
- 砂糖 2.8 盎司（約 80 公克）（可略）
- 牛奶或植物奶 120 毫升

步驟

1. 取一湯鍋，將水煮沸。
2. 下越橘莓，煮十分鐘左右，煮到越橘莓熟透爲止。
3. 下粗粒小麥粉，攪打至起泡。
4. 想加糖的話在此時加糖。
5. 趁熱把粥舀至小碗中上菜。
6. 讓食用者依個人喜好淋上牛奶或撒一點糖。
7. 冷藏可保存二至三天。冷藏後冰冰的吃。

馬大人的山桑子（藍莓）冷湯

如今，幾乎人人都知道莓果是一種富含抗氧化物的超級食物了。

我和芬蘭友人在聊現採莓果可以用來做什麼料理時，他們提到了山桑子冷湯。我說：「我一定要試試看！」我這輩子還不曾喝過莓果湯。在溫暖的月份裡，這道湯品不但是很棒的早餐和甜點，甚至也是很棒的宵夜！

份量：6人份

食材

- 水 700 毫升
- 冷凍或新鮮的山桑子或藍莓 7 盎司（約 200 公克）
- 砂糖 1.7 盎司（約 48 公克）

濃湯版

- 馬鈴薯粉 2 大匙
- 水 100 毫升

步驟

1. 取一湯鍋，加水、下山桑子、加糖，開大火煮滾後調至中火續煮，總計約煮十分鐘。
2. 混合馬鈴薯粉和 100 毫升的水，做成勾芡用的粉糊。
3. 一邊將粉糊倒進山桑子湯中，一邊用木叉或刮刀攪拌。
4. 將勾芡過的湯續煮至滾，再從爐台上移到室溫放涼。
5. 表面撒一些糖，防止表層結硬殼。
6. 放進冰箱冷藏。
7. 冰冰的吃。

馬大人的蕁麻湯

在北卡累利阿度過的第一個星期六，海咪用親手摘的蕁麻和他先生馬迪從他們家下方的小溪抓來的魚，爲我煮了一鍋湯。蕁麻富含抗氧化物、維生素C、維生素A、鈣質和礦物質。

份量：4 人份

食材

- 牛奶或植物奶 1 公升
- 切碎、川燙過的蕁麻葉 7 盎司（約 200 公克）
- 小麥粉 3 大匙，加一滴水
- 鹽 1 小匙
- 胡椒 1 小匙

步驟

1. 取一個大湯鍋，將牛奶煮滾。
2. 在煮滾的牛奶中加入切碎的蕁麻葉和小麥粉水，稍微燉煮幾分鐘。
3. 用鹽巴和胡椒調味。
4. 趁熱上菜。

蕁麻葉採集、備料、保存小妙招

有關蕁麻葉採集、備料和保存的訣竅，參見馬大協會的聯結：
https://www.martat.fi/reseptit/nokkonen/

（網頁內容雖是芬蘭文，但 Google 翻譯的芬譯英功能越來越進步囉！）

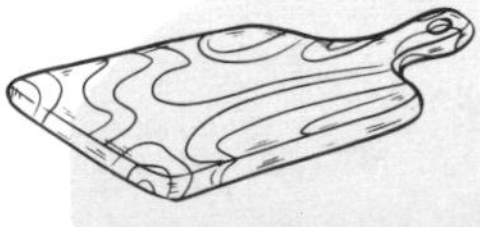

馬大人的夏日蒲公英沙拉

春天，芬蘭各地的田野和草地上紛紛冒出盛開的蒲公英。摘取時要挑邊緣平滑的嫩葉，嫩葉的味道比較溫和，邊緣粗糙的老葉就又硬又苦了。

份量：4 份佐餐沙拉

食材

沙拉食材

- 新鮮的蒲公英嫩葉 2 磅（907 公克）
- 綠葉蔬菜 2 磅（907 公克）
- 柳橙 2 顆或葡萄柚 1 顆
- 小型紫洋蔥 2 顆或中型黃洋蔥 1 顆
- 蒲公英花 4 朵

醬料食材

- 鮮榨柳橙汁 4 大匙
- 鮮榨檸檬汁 4 大匙
- 蒜末 1 顆
- 乾燥香料（洋蔥、羅勒、百里香、馬郁蘭、鹽）1/4 小匙
- 白胡椒粉 1/4 小匙
- 蜂蜜 1 大匙

步驟

1. 摘一些在陰涼的地方生長、邊緣平滑的蒲公英嫩葉。
2. 將蒲公英嫩葉洗淨，輕輕用廚房紙巾或毛巾按乾。
3. 將綠葉蔬菜切／撕成方便入口的大小。
4. 柳橙／葡萄柚去皮、切片。
5. 洋蔥切丁。
6. 將所有食材裝進沙拉碗中。
7. 混合香料、蜂蜜、柳橙汁和檸檬汁。
8. 將醬料淋到沙拉上，靜置幾分鐘。
9. 爲每份沙拉裝飾一朵蒲公英花。
10. 立刻上菜。

馬大人的家傳香煎鱸魚

海咪和馬迪在他們的森林小屋招待我的早午餐，除了蕁麻湯（食譜參見280頁），還有這道菜餚。

份量：4 人份

食材

- 鱸魚片 1.3 磅（590 公克）
- 鹽 1 小匙
- 奶油或植物油 6 小匙
- 蔬菜油 6 小匙
- 黑胡椒
- 蝦夷蔥（裝飾用，可略）

步驟

1. 將魚片擦乾，以鹽巴調味。
2. 開火熱鍋。
3. 下 2 小匙奶油和 2 小匙蔬菜油。
4. 魚片分三份下鍋，在煎鍋中用奶油和蔬菜油的混合油煎魚，每面煎二到三分鐘。
5. 趁煎魚的空檔將鍋子擦乾淨，再下油煎下一份。
6. 在煎好的魚片表面磨一點黑胡椒。
7. 飾以蝦夷蔥，連同其他的蔬菜類菜餚一起上菜。

馬大人的蔬菜蒔蘿鮭魚湯

這是一道很經典的芬蘭菜和卡累利阿菜。我在市民廣場的路邊攤、長途火車的餐車車廂、大學校園裡的學生食堂和高檔餐廳都享用過。

這道湯品也可以不加牛奶，改成增加魚高湯的用量。蔬菜和香料的部分也可自行變化。

份量：10人份

食材

- 魚高湯1.5公升
- 多香果約10顆
- 洋蔥3.5盎司（約100公克）
- 馬鈴薯2.2磅（約1公斤）
- 韭蔥5.3磅（約2.4公斤）
- 紅蘿蔔10盎司（283公克）
- 切成入口大小的鮭魚丁1.8磅（816公克）
- 牛奶或植物奶600毫升
- 新鮮蒔蘿碎
- 鹽1撮
- 黑胡椒1撮

步驟

1. 取一大型湯鍋，將魚高湯煮滾。
2. 洋蔥切丁，馬鈴薯去皮切塊，韭蔥縱切成兩半、洗淨、剁碎，紅蘿蔔切丁。
3. 將蔬菜類食材加入煮滾的魚高湯，續煮約十五分鐘。
4. 下鮭魚丁，煮到鮭魚丁幾乎熟透爲止。
5. 下牛奶。
6. 煮滾，依個人喜好調味。
7. 撒上新鮮蒔蘿碎，趁熱上菜。

瑪伊雅—莉伊莎的莓果雜糧麵包

食材

- 溫水 500 毫升
- 新鮮酵母 2 盎司（約 57 公克）
- 越橘莓 1.7 盎司（約 48 公克）
- 藍莓 1.7 盎司 （約 48 公克）
- 鹽 1 小匙
- 全麥粉 9 盎司（255 公克）
- 斯佩耳特小麥粉或黑麥麵包粉 9 盎司（255 公克）
- 葵花籽 1 盎司（約 28 公克）
- 蔬菜油 4 大匙

步驟

1. 溫水融化酵母粉，將越橘莓、藍莓和油加進酵母液中。
2. 取一中型碗，混合鹽巴、麵粉和葵花籽。
3. 將乾料漸次加進濕料當中，將麵團揉至光滑、柔軟又不會太濕。
4. 用廚房毛巾蓋住麵團，等麵團充分發起來（至少三十分鐘）。
5. 烤箱預熱至華氏 390°（攝氏約 200°）。
6. 將麵團倒入烤盤，以華氏 390°（攝氏約 200°）烤四十分鐘，直到整團烤透透。

瑪伊雅—莉伊莎的雲杉芽糖漿

食材

- 雲杉芽 6 杯
- 水
- 砂糖 2 磅（907 公克）
- 檸檬汁或香草精

步驟

1. 雲杉芽洗淨，置於湯鍋中。
2. 倒入冷水，水量蓋過雲杉芽。
3. 雲杉芽泡水隔夜。
4. 用同一鍋水煮雲杉芽兩小時，將雲杉芽濾掉，保留煮過雲杉芽的水。此時應有 1.5 至 2 公升的液體。
5. 每公升液體加一磅（約 455 公克）左右的糖。
6. 將加過糖的汁液煮兩小時，過程中不停攪拌，以免黏鍋。煮得越久，糖漿越濃稠。
7. 用檸檬汁或香草精爲糖漿調味。
8. 將熱騰騰的糖漿倒進燙過的瓶子，把瓶蓋蓋好。
9. 完成後，糖漿的顏色是紅褐色的，可用作淋醬（淋在冰淇淋和莓果上），亦可供禽肉類料理裝飾之用。

謝詞

我們要感謝 Jessica Case、Mel Berger、Brendan Moriyama Doyle、Pasi Sahlberg、Helmi Järviluoma-Mäkelä、Matti Mäkelä、Katja Kolehmainen 和 Tuomo Kolehmainen 夫妻、美國駐芬蘭大使 Charles Adams、Katherine Hooper 和 Joe Hooper 夫妻、森山茂雄和森山千津子夫妻及森山家族全員、若光美樹、William Doyle 和 Marie Louise Doyle 夫妻、Tiina Anola-Pukkila、Anu Brask、Juhamatti Eskiläinen、Anna Hakkarainen、Tarja Halonen 總統、Maria Havala-Napoles、Marianne Heikkilä、Risto Helen 和 Tuula Helen 夫妻、Saimi Hoyer、Petri Hukka 和 Anna-Leena Hukka 夫妻、Ilona Huovinen 和 Jari Huovinen 夫妻、Tuomas Järvenpää、Maija-Liisa Jeskanen 和 Pekka Jeskanen 夫妻、Sanna Jeskanen、Eeva Kainulainen、Helena Karhu、Eero Kilpi、Heidi Korpelainen、芬蘭外交大使 Mika Koskinen、Cecilia Koskinen、Nina Kurth、Anita Lehikoinen、Päivi Leinonen、Gary Lincoff 和 Irene Lincoff 夫妻、Terhi Lindqvist、Eeva Mikkola、Jouni Mölsä、Terhi Mölsä、Jukka Monkonen、Irmeli Mustalahti、Ringa Nenonen、Erja Nevalainen、Tapio

Nevalainen 和 Hertta Nevalainen 一家三口、Maija Pasanen、Kaarina Penninkilampi、Marjatta Pölänen、Jaakko Puhakka、Sisko Räty、Harri Rehnberg 和 Sultana Rehnberg 夫妻、Jaana Rehnström、Liisa Matveinen、Tom Selänniemi、Senni Timonen、Maarit Sallinen-Uusoksa、Jenny Salmela、Outi Savonlahti、Marja Simola、Riikka Simonen、Jessica LeTourneur Bax、Sirpa Rui、Liana Sutinen、Annika Suvivuo、Jarkko Tenhunen、Risto Turunen、Risto Pulkkinen、Liisa Tyrväinen、Riitta Uosukainen、Noora Vikman、Lola Rogers、Manu Virtamo 和 Liisa Virtamo 大使夫妻、Heikki Happonen Walling、Maire Walling、Päivi Walling 和 Raili Walling 一家四口。

我們很感激芬蘭駐紐約總領事館（the Consulate General of Finland）、美國芬蘭基金會（Finlandia Foundation National）、傅爾布萊特芬蘭基金會（the Fulbright Finland Foundation）、馬大協會、馬大協會北卡累利阿分會（Pohjois-Karjalan Martha），以及北卡累利阿地區委員會（Pohjois- Karjalan Tulevaisuusrahasto）。

最後一樣不可忽略的是，我們要感謝芬蘭人的熱情歡迎和友誼，也要感謝芬蘭人對於改善世界的智慧與遠見。

橡樹林文化 ❖❖ 衆生系列 ❖❖ 書目

JP0180	光之手 3：核心光療癒—— 我的個人旅程．創造渴望生活的高階療癒觀	芭芭拉．安．布藍能◎著	799 元
JP0181	105 歲針灸大師治癒百病的祕密	金南洙◎著	450 元
JP0182	透過花精療癒生命：巴哈花精的情緒鍊金術	柳婷◎著	400 元
JP0183	巴哈花精情緒指引卡： 花仙子帶來的 38 封信——個別指引與練習	柳婷◎著	799 元
JP0184X	醫經心悟記——中醫是這樣看病的	曾培傑、陳創濤◎著	480 元
JP0185	樹木教我的人生課：遇到困難時， 我總是在不知不覺間，向樹木尋找答案……	禹鐘榮◎著	450 元
JP0186	療癒人與動物的直傳靈氣	朱瑞欣◎著	400 元
JP0187	愛的光源療癒—— 修復轉世傷痛的水晶缽冥想法	内山美樹子 （MIKIKO UCHIYAMA）◎著	450 元
JP0188	我們都是星族人 0	王謹菱◎著	350 元
JP0189	希塔療癒——信念挖掘： 重新連接潛意識　療癒你最深層的內在	維安娜．斯蒂博◎著	450 元
JP0190	水晶寶石　光能療癒卡 （64 張水晶寶石卡＋指導手冊＋卡牌收藏袋）	AKASH 阿喀許 Rita Tseng 曾桂鈺◎著	1500 元
JP0191	狗狗想要說什麼——超可愛！ 汪星人肢體語言超圖解	程麗蓮（Lili Chin）◎著	400 元
JP0192	瀕死的慰藉——結合醫療與宗教的臨終照護	玉置妙憂◎著	380 元
JP0193	我們都是星族人 1	王謹菱◎著	450 元
JP0194	出走，朝聖的最初	阿光（游湧志）◎著	450 元
JP0195	我們都是星族人 2	王謹菱◎著	420 元
JP0196	與海豚共舞的溫柔生產之旅——從劍橋博士到 孕產師，找回真實的自己，喚醒母體的力量	盧郁汶◎著	380 元
JP0197	沒有媽媽的女兒——不曾消失的母愛	荷波．艾德蔓◎著	580 元
JP0198	神奇的芬活——西方世界第一座靈性生態村	施如君◎著	400 元
JP0199	女神歲月無痕——永遠對生命熱情、 保持感性與性感，並以靈性來增長智慧	克里斯蒂安．諾斯拉普醫生◎著	630 元
JP0200	願來世當你的媽媽	禪明法師◎著	450 元
JP0201	畫出你的生命之花：自我療癒的能量藝術	柳婷◎著	450 元

JP0202	我覺得人生不適合我：歡迎光臨苦悶諮商車，「瘋狂」精神科醫師派送幸福中！	林宰暎◎著	400 元
JP0203	一名尋道者的開悟之旅	嗡斯瓦米◎著	500 元
JP0204	就為了好吃？：一位餐廳老闆的真心告白，揭開飲食業變成化工業的真相	林朗秋◎著	380 元
JP0205	因為夢，我還活著：讓夢境告訴你身體到底出了什麼問題！	賴瑞．伯克 凱瑟琳．奧基夫．卡納沃斯◎著	600 元
JP0206	我是對的！為什麼我不快樂？：終結煩煩惱惱的幸福密碼	江宏志◎著	380 元
JP0207X	龍神卡——開啓幸福與豐盛的大門（38 張開運神諭卡＋指導手冊＋卡牌收藏袋）	大杉日香理◎著	699 元
JP0208	希塔療癒——你與造物主：加深你與造物能量的連結	維安娜．斯蒂博◎著	400 元
JP0209	禪修救了我的命：身患惡疾、卻透過禪修痊癒的故事	帕雅仁波切 蘇菲亞．史崔－芮薇◎著	500 元
JP0210	《心經》的療癒藝術：色與空的極致視覺體驗	葆拉．荒井◎著	1000 元
JP0211	大地之歌——全世界最受歡迎的獸醫，充滿歡笑與淚水的行醫故事【全新翻譯版本】	吉米．哈利◎著	680 元
JP0212	全然慈悲這樣的我：透過「認出」「容許」「觀察」「愛的滋養」四步驟練習，脫離自我否定的各種內心戲	塔拉．布萊克◎著	550 元
JP0213	徒手氣血修復運動——教你輕鬆練上焦，調和肌肉與呼吸，修復運動傷害、遠離長新冠！	李筱娟◎著	550 元
JP0214	靈魂出體之旅——對「生命」根本真理的探索記錄	羅伯特．A．門羅◎著	600 元
JP0215	人，為何而生？為何而活？人生的大哉問——人為何而活？是你無法逃避的生命課題！	高森顯徹、明橋大二、伊藤健太郎◎著	480 元
JP0216	祖靈的女兒——排灣族女巫包惠玲 Mamauwan 的成巫之路，與守護部落的療癒力量	包惠玲(嬤芼灣 Mamauwan)、張菁芳◎著	460 元
JP0217	雪洞：一位西方女性的悟道之旅	維琪．麥肯基◎著	480 元
JP0218	在故事與故事間穿越——追隨印加薩滿，踏上回家的路	阿光（游湧志）◎著	480 元
JP0219	七界：希塔療癒技巧的核心思想	維安娜．斯蒂博◎著	550 元

眾生系列　JP0220

魔幻森林姐妹情：芬蘭卡累利阿的永續生活、智慧與覺醒

The Sisterhood of the Enchanted Forest: Sustenance,Wisdom, and Awakening in Finland's Karelia

作者	森山奈保美（Naomi Moriyama）、威廉・道爾（William Doyle）
譯者	賴許刈
責任編輯	陳芊卉
封面設計	兩棵酸梅
內頁排版	歐陽碧智
業務	顏宏紋
印刷	韋懋實業有限公司

發行人	何飛鵬
事業群總經理	謝至平
總編輯	張嘉芳
出版	橡樹林文化 台北市南港區昆陽街 16 號 4 樓 電話：886-2-2500-0888#2738　傳真：886-2-2500-1951
發行	英屬蓋曼群島商家庭傳媒股份有限公司城邦分公司 台北市南港區昆陽街 16 號 8 樓 客服專線：02-25007718；02-25007719 24 小時傳眞專線：02-25001990；02-25001991 服務時間：週一至週五上午 09:30-12:00；下午 13:30-17:00 劃撥帳號：19863813　戶名：書虫股份有限公司 讀者服務信箱：service@readingclub.com.tw 城邦網址：http://www.cite.com.tw
香港發行所	城邦（香港）出版集團有限公司 香港九龍土瓜灣土瓜灣道 86 號順聯工業大廈 6 樓 A 室 電話：852-25086231　傳眞：852-25789337 電子信箱：hkcite@biznetvigator.com
馬新發行所	城邦（馬新）出版集團 Cité（M）Sdn. Bhd.（458372U） 41, Jalan Radin Anum, Bandar Baru Seri Petaling, 57000 Kuala Lumpur, Malaysia. 電話：+6(03)-90563833　傳眞：+6(03)-90576622 電子信箱：services@cite.my

一版一刷：2024 年 4 月
ISBN：978-626-7449-01-1（紙本書）
ISBN：978-626-7449-00-4（EPUB）
售價：450 元

城邦讀書花園
www.cite.com.tw

國家圖書館出版品預行編目（CIP）資料

魔幻森林姐妹情：芬蘭卡累利阿的永續生活、智慧與覺醒 / 森山奈保美，威廉・道爾（William Doyle）著；賴許刈譯. -- 初版. -- 臺北市：橡樹林文化，城邦文化事業股份有限公司出版：英屬蓋曼群島商家庭傳媒股份有限公司城邦分公司發行，2024.04
面；　公分. --（眾生；JP0220）
ISBN 978-626-7449-01-1（平裝）

861.6　　1130012489

填寫本書線上回函